김얀 ⊗ 백요선

위즈덤하우스

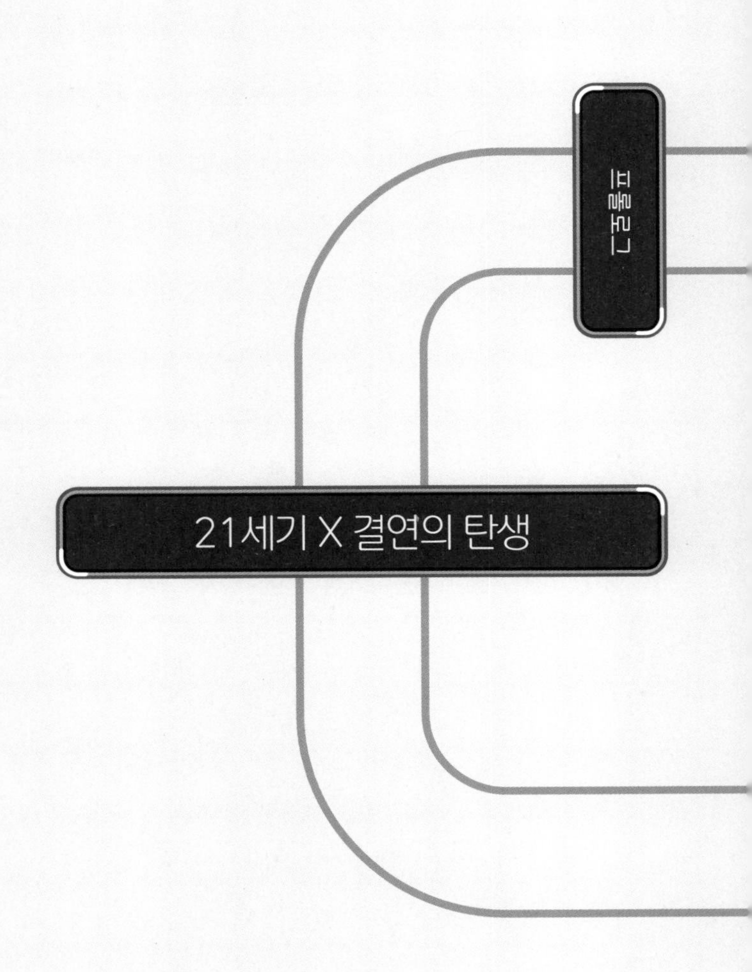

프롤로그

21세기 X 결연의 탄생

우리는 어쩌다
'우리'가 되었나

백배

①

나는 생각보다 꽤 혹독한 스물아홉을 보냈다. 돈도 잃고 사람도 잃고 꿈도 잃었다고 생각했다. 20대 내내 누구 하나 죽지 않으면 끝나지 않을 것처럼 엄마와 싸우면서, 갈 곳이 없어 여기저기 전전하고 방황하면서, 이 나이까지 이렇게 살 줄 몰랐다고 자책했는데 더 최악이 있을 수 있다는 걸 알게 된 한 해였다. 그간은 은은하게 죽고 싶다고, 굳이 별로 살고 싶지 않다고 생각했다면 스물아홉에는 이제 그만 죽었으면 좋겠다고 생각했다.

며칠간 쥐 죽은 듯 누워 지냈다. 어떤 상황에서도 식욕을 잃어본 적이 없었는데 이때만큼은 배가 고프지도 않았다. 누군가와 시비가 붙어 지구대까지 다녀오게 된 날, 이렇게 지낼 수는 없다는 생각에 무작정 친구가 있는 군산으로 떠났다. 길냥이에게 밥을 주고, 근처 시장에 가서 밥을 먹고, 친구들과 영화를 보고 맥주도 마셨다. 그러다가도 혼자인 밤이 되면 방 안에 누워 많이 울었다.

고향인 해남에도 가서 오랜만에 할머니를 만났다. 언제부턴가 친척 어른들을 만나는 일이 불편했는데 할머니와 단둘이 있을 때는 마음이 편했다. 만취한 채로 넘어져 발목을 크게 다쳤었는데 할머니는 매일 따뜻한 물로 내 발을 씻겨주었다. 어떤 의식을 치르듯 우리는 매일 저녁 세족식을 가졌다. '다시 뛸 수 있을까' 농담할 정도로 꽤 오랫동안 발이 몹시 아팠는데 이때만큼은 다 나은 것 같았다. 할머니와 마주 보고 서로의 체온을 나누며 잤다. 이런 게 사랑이라고 생각했다.

그러다가도 울었다. 군산에서 그랬던 것처럼 해남에서도 나는 이번이 마지막이라는 심정으로 해외 선물 투자를 하다가 가진 돈을 계속 잃는 중이었다. 시작은 주식 투자였는데, 투자 리딩방을 비롯한 각종 정보에 휩쓸린 결과였다. 피해액은 점점 누적되어 갔다. 전 남자친구에게 다짜고짜 전화를 걸어 이게 다 너 때문이라고 원망했다. 크게 소리 지르며 울었다.

다음 날이면 다시 할머니와 짜파게티를 끓여 먹고 막걸리도 마셨지만 실은 아무것도 하고 싶지 않았다. 아무도 없는 곳에서 새로 시작해보는 건 어떨까. 그런데 내가 다시 시작할 수 있을까. 끝도 없는 질문이 이어졌다. 자신감도 없고 너무나 괴로웠지만 더는 물러설 수 없을 때 우연히 얀니의 트윗을 보게 되었다.

②

친구 혜영이가 나에게 트위터를 가르쳐준 이후에 나는 오랫동안 트위터를 '눈팅용'으로만 쓰고 있었다. 그러다 얀니의 브런치를 읽게 되었다. 서른여덟 살까지 돈에 대해 아무것도 모르고 살다가 돈 공부를 하며 바뀐 삶의 과정들이 솔직하고 씩씩하게 쓰인 글이었다.

이름 있는 출판사에서 나온, 단행본 두 권을 낸 작가도 저렇게 아르바이트를 하며 글을 쓰고 있다는 사실이 나를 안도하게도 했다가 힘을 내게도 했다. '돈선생'부터 '캐시'까지 주변 친구들과 함께 지내는 일상도 정말 재미있어 보였다.

무엇보다 지금은 현실적인 선택을 해야 한다고, 그것은 내가 나를 책임지는 무척 중요한 일이라는 것을 알려주었다. 때맞춰 나는 정말 바닥을 치고 있었기에 뭐라도 시작해야만 했다. 왠지 해볼 수 있을 것 같았다.

다행히 곧바로 좋은 직장을 찾았다. 새로운 환경에서 새로운 사람들을 만나니 삶의 활력도 금방 되찾을 수 있었다. 얀니의 글이 아니었다면 시도조차 하지 못했을 것이다. 때마침 얀니가 트위터에 올린 '머니앤아트(M&A)' 회원 모집 글을 보고 용기 내어 디엠(DM)을 보냈다.

③

2020년 8월, 처음으로 얀니의 사무실인 얀피스에 방문했다. 그 뒤로 용인에서 얀피스가 있는 부천까지 거의 매주 드나들었다. 작가부터 배우, 음악인, 부동산 중개인, 그리고 전업 투자자까지 웃기고 이상한 사람들이 모두 거기 있었다. 우리는 투자 이야기를 하다가도 시를 낭독했고, 기타를 치다가 노래 한 곡을 만들어버리기도 했다.

놀랍게도 얀니는 직장을 다니면서 이 모든 것을 하고

있었다. 셰어하우스를 운영하고 글을 쓰면서도 새벽까지 사람들을 챙겼다.

2020년 연말부터는 아예 부천에 눌러앉게 되었다. 얀니와 같이 살게 된 것이다. 언니의 생활력을 가까이에서 보며 배우고 싶기도 했고, 친구가 필요하기도 했고, 집과 엄마를 떠나 새로운 장소에서 새로운 마음으로 30대를 시작하고 싶은 마음도 있었다. 그렇게 벌써 2년이라는 시간이 지났다.

④

사실 얀니와 나는 무척 다른 사람이다. 나는 솔직하지 못하고 언니는 매우 솔직하다. 나는 편견과 선입견이 많은 사람이고 언니는 그런 게 거의 없는 사람이다. 나는 남자에 대해서는 정말이지 아무것도 모르고 언니는 상당히 많이 안다. 나는 술과 음식을 좋아하고, 언니는 불행 중 다행으로 술을 안 마시고 식욕도 별로 없다. 나는 손으로 할 줄 아는 게 별로 없고 언니는 손이 빠릿빠릿하고 눈치가 빠르다. 나는 별생각 없이 쇼핑하는 편이고 언니는 이 매장 저 매장 다 둘러보고 한 번씩 다 입어보고도 결국 안 사는 편이다. 나는 겁은 많은데 미쳐 있다면, 언니는 겁도 없고 미쳐 있기까지 하다.

물론 우리의 모든 순간이 좋은 것은 아니다. 나는 생각보다 징징거리는 편이라 사람을 질리게 하는 순간이 있고, 언니는 생각보다 냉정한 편이라 사람을 서운하게 하는 순간이 있다. 그렇지만 우리는 함께 최승자 시인을 이해하고, 운을 믿고, 〈쇼 미 더 머니〉를 챙겨 보고, 잘생긴 사람과 돈을 좋아한다.

친구들은 항상 나에게 "현실 감각과 광기가 같이 있기 어려운데 그걸 둘 다 가지고 있다"라고 했다. 그런데 마침 언니도 딱 그런 셈이고 어쩌면 나의 업그레이드 버전인 것이다. 그래서 우리는 언니 어머니의 말마따나 낙엽만 굴러가도 까르르 웃는 10대 소녀들처럼 자주, 많이 웃는다.

⑤

작년, 언니의 생일에 편지에다 "언니를 만난 건 나의 행운"이라고 썼다. 그리고 나도 다른 누군가에게 친절과 다정을 베푸는 방식으로 이를 갚겠노라고 했다.

나의 일상을 잘 기록하는 것도 그 빚을 조금씩 갚아나가는 나름의 방법이라고 생각한다. 이 책은 모두 얀니의 글과 이야기에 기대어, 그것들에 힘입어 써나간 글이자 우리가 함께 울고 웃던 시간의 기록이다.

과거에도 있고 미래에도 있을 '우리'

얀니

❶

2021년 1월 1일 아침. 나는 양천구의 어느 주택가 골목에서 숙취로 신음하고 있는 한 여성의 등을 두드리고 있었다. 백배였다.

태어난 날보다 한 해의 시작에 더 의미를 두는 나는 매해 마지막 날을 위한 계획을 세운다. 30대의 마지막 날은 양천구 친구 집에서 조촐한 파티를 열기로 했다. 그 친구들은 서른 살, 사당동에서 함께 살던 불나방과 이허리였다. 그 자리에 뒤늦게 백배가 꼈다. 이미 어디에서 술을 먹고 나타난 백배는 엄지발가락에 커다랗게 구멍이 난 스타킹을 신은 채로 급하게 술을 마셨다.

나는 불행 중 다행으로 술과 담배를 즐기지 않는다. 체질적으로 몸에 잘 안 맞을뿐더러 술에 취하는 것이 싫고, 술에 취한 사람도 싫다. 백배는 술을 좋아하고 주로 취할 때까지 마셨다(다행히 지금은 많이 고쳤다). 그날도 급하게 술을 들이켜더니 배달 어플로 다 먹지도 못할 야식을 잔뜩 시켜놓고 잠들어버렸다. 그리고 다음 날, 지하철역으로 걷는 내내 속이 메슥거린다고 난리를 치다가 길가 하수구에 끝없이 토사물을 만들어냈다.

그렇게 백배는 '요상한' 색깔의 토사물과 함께 서른을 맞이하는 중이었다. 원래 계획대로라면 나는 봉은사에서 새해 기도를 올리고 있어야 했지만, 어쩔 수 없이 백배의 등을 두드리고 있었다. 그렇게 나의 마흔이 시작되었다.

백배를 처음 만나게 된 건, 내가 만든 '머니앤아트'라는 모임에서였다. 사람을 모으고 자리를 만드는 것은 그리 어려운 일이 아니었다. 호기심이 많고 경계심이 없는 것은 어릴 때부터 지금까지 이어지고 있는 나의 특성이고, 나는 사람들이 가진 그들만의 '이야기'를 좋아한다. 그래서 책을 읽고, 글을 쓰고, 사람들과 어울린다.

뒤늦게 돈에 빠졌을 때도 그 안에 새로운 세계와 내가 모르던 이야기가 있어서 좋았다. 이제까지 살아온 모습과 전혀 다른 모습으로 살아보는 것도 좋았고 돈이란 그저 자잘하게 쓰는 재미만 있는 줄 알았는데 모아나가는 재미도 있다는 것을 알게 되었다. 하지만 줄곧 주식이나 부동산 얘기만 하는 것은 재미가 없었다.

돈이 좋긴 하지만, 돈을 벌고 투자를 하는 것도 결국 글을 쓰기 위한 시간과 여유를 벌기 위한 것이었다. 그래서 그쪽 커뮤니티 사람들과는 확 통하는 무언가가 없었다. '인 서울' 상급지 아파트를 가슴에 품으라는 말도, 인생은 한 방이니 레버리지를 최대한 당겨서 크게 한 방 먹어야 한다는 말도 나와는 안 맞았다. 나는 돈 걱정 없이 하고 싶은 예술 활동을 하고 싶었고, 그것으로 돈을 벌고 싶었다. 이런 가치관을 가진 친구가 필요했다. 그렇게 '돈 이야기를 하는 예술인 모임' 머니앤아트를 만들게 되었다.

이런 마음을 담아 트위터에 회원 모집 글을 날리자 금방 스무 명이 넘게 모였다. 생각보다 인원이 많아서 얼른 모집 마감을 썼을 때, 뒤늦게 쪽지 하나가 왔다. 마감되었다는 글을 봤지만, 꼭 함께하고 싶다는 내용을 예의 바르게 쓴 쪽지였다. 백배였다. 놀랍게도 그때까지는 정말로 예의 바른 친구였다.

❸

처음 통화했을 때 백배는 계속 '아홉수'라는 단어를 반복했다. "올해 제가 아홉수라서 정말 안 좋았거든요" 말끝마다 '아홉수'로 끝났다. 그러고 보니 스물아홉은 '아홉수'니 '삼재'니 하는 말에 쉽게 흔들릴 수밖에 없는 시기일지도 모르겠다. 나의 스물아홉 역시 크게 다르지 않았다.

머니앤아트. 일단 사람을 모았으니 만나야 했다. 당시에도 나는 평일에는 치과를 다니며 할 일이 N개였지만, 매주 사람들을 모았다. 이제는 얀피스라는 아지트가 있으니 더욱 수월했다. 그렇게 코로나로 일이 끊긴 불안한 예술인부터 각종 현업에 종사하는 나의 친구들까지 한데 모였다.

매주 현실 감각을 가진 일반인들과 예술인의 광기를 가진 친구들이 모여 먹고살 궁리를 했다. 하지만 '돈' 이야기를 하자고 모였어도, 우리의 이야기는 늘 '예술'로 귀결

되었다. 스마트폰으로 짧은 영화도 찍고 기타를 치며 노래를 부르는 즐거운 시간을 보냈다.

백배는 거의 매주 참여했다. 집이 용인이라 부천까지는 왕복 네 시간이 걸리는데도 그렇게 기어이 왔다. 참가비도 없고 규칙도 없는 캐주얼한 모임이긴 했지만, 이 정도로 열정적으로 참석하는 게 조금 신기했다. 어느 날은 놀다 보니 차가 끊겨서 자고 갔고, 어느 날은 이야기가 아침까지 이어져 자고 갔고, 나중에는 아예 퇴근하고 바로 부천으로 왔다. 그렇게 김얀집의 하우스 메이트로 지독하게 얽혀 이렇게 같이 책까지 쓰게 되었다. 그러고 보니 2년이 훌쩍 넘었다.

사람들은 우리를 하우스 메이트라고 부르기도 하고, 열 살 차이가 나는 언니 동생, 때로는 선생과 제자로 생각한다. 하지만 내가 언제나 강조하는 것은 우리는 그냥 하나의 개인들이다. 나는 나 김얀이고, 백배는 하나의 백배다. 내가 나이가 더 많고 더 오래 살았다고 해서 뭔가를 가르칠 입장도 아니고, 가르쳐줄 것도 없다. 나는 내 인생의 전문가라 자신하지만, 내가 살아온 방법과 깨달음은 오직 나에게만 작동하는 것일 수 있다. 그래서 누군가에게 '조언'을 해주는 것은 늘 조마조마한 일이다. 무엇보다 나는 살면서 누군가의 조언을 받아들여본 적이 없는 사람이다. 그냥 내 멋대로 살았다.

물론 그럼에도 사람은 가장 가까이에 있는 사람을 닮아간다는 말에는 고개를 끄덕인다. 따라서 나를 위해서가 아니라 내 옆에 있어주는 고마운 사람들을 위해서도 나는 좀 더 나은 인간이 되면 좋겠다고 생각한다. 나의 감정과 기분은 내 주변에 자연히 흡수되는 것이란 걸 이제는 아는 나이가 되었다.

❺

'늙지 않는 뇌'를 유지하려면 위아래로 열 살 정도 차이가 나는 친구를 사귀는 게 좋다고 한다. 40대가 되고부터는 신기하게도 이전의 일들이 잘 기억나지 않는다. 늘 내 경험담을 글로 써버려서 기억 창고가 텅 비어버린 것인지, 마치 지우개로 싹싹 지워버린 페이지처럼 과거의 일들을 잃어버렸다. 그래서 때로는 2~30대 친구들의 무기력과 불안한 감정들이 이해되지 않을 때가 있다. 따지고 보면 그 누구보다도 시간을 펑펑 쓰며 불안에 떨던 사람이 그 나이 때의 나였는데도.

백배 덕분에 종종 그때의 나와 만나게 된다. 매일 변하겠다고 말하면서도 여전히 제자리걸음을 하는 백배를 보면서 '아니, 도대체 그게 왜 안 될까?' 하다가도 그때의 나를 떠올려보면 확실히 백배 쪽이 여러모로 낫다.

그렇게 서른 살의 백배를 통과해 과거의 나와 만나고 현재의 나를 돌아본다. 백배 역시 나를 보며 본인의 10년 뒤를 상상해볼지도 모를 일이다. 백배의 10년 뒤는 지금의 나보다 조금 더 친절하고, 조금 더 너그러운 사람이기를. 무엇보다 이 한 권의 교환 일기가 끝난 뒤에는 백배가 스스로를 조금 더 자랑스러워할 수 있기를.

차례

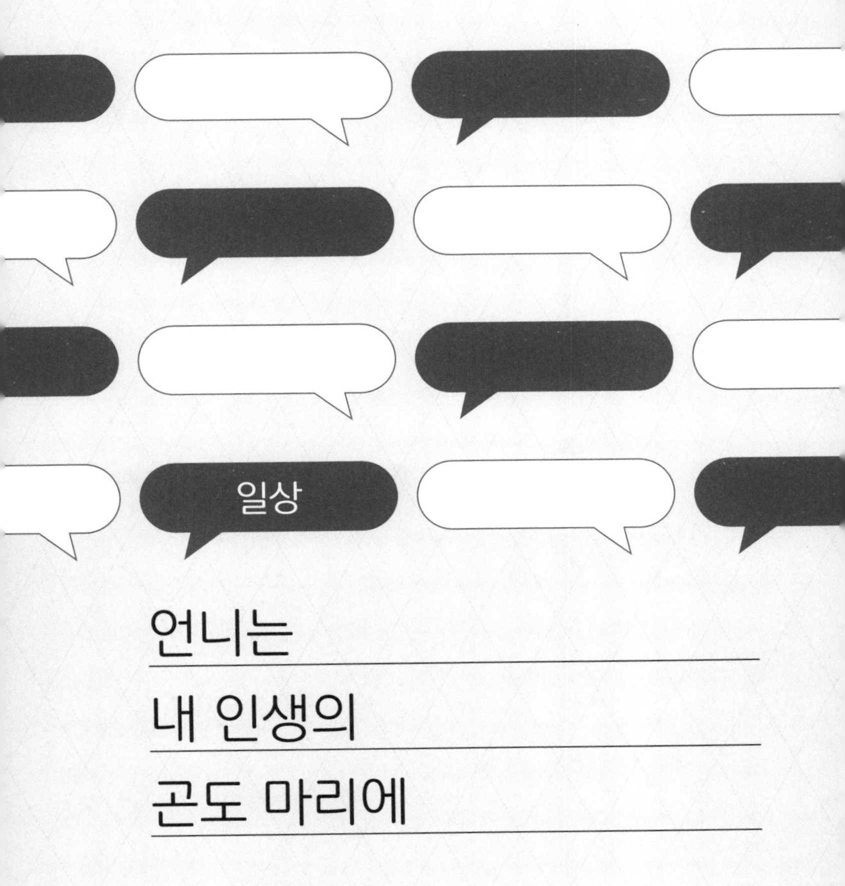

언니는 내 인생의 곤도 마리에

백배

이 물건들은 어찌 보면 전생의 업보가 아닐까

2021년 겨울, 나는 '진짜로' 김얀집(얀니의 빌라) '거실'에 입주하게 되었다. 진짜로.

얀니의 친한 동생인 진석이 트럭까지 끌고 와 우리와 우리의 짐을 실어 날라주었다. 그는 젖히기만 해도 무너지는, 그렇지만 결과적으로는 내가 무너뜨린 얀피스(얀니 오피스텔)의 3미터짜리 커튼까지 땀을 뻘뻘 흘리며 새로 달아주었다. 그리고 엘리베이터가 없어서 계단으로만 이동이 가능한 3층까지 우리의 짐을 운반해주었다.

그는 전생에 무슨 죄를 지었길래 얀니를 한국도 아닌 일본에서 만났으며, 그 인연이 아직까지 이어지는 것일까. 그리고 그 죄가 얼마나 컸길래 나까지 만나게 된 것일까. 미안했다.

원래 나는 주말마다 얀피스를 아지트처럼 사용하고 있었는데 어느 순간부터 주중에도 자주 그곳에 있게 되었다. 그런데 공간 임대업으로 등록된 얀피스를 언니가 몇 달간 다른 사람에게 임대하게 되면서 짐을 빼야 하는 상황이 온 것이다.

집으로 돌아가면 또 엄마와 사사건건 부딪칠 것이 뻔했다. (엄마와 대판 싸운 뒤 종이 가방 두 개만 든 채로 집을 나와 얀피스에 잠시 살았던 전적이, 이미 있다.) 친오빠 집으로 다시 가볼까도 싶었는데 엄마가 극구 반대했다. 오빠 집으로 가면 매일 둘이서 야식에 맥주를 마실 게 뻔하고, 주말에는 내내 늘어져 누워 지낼 게 눈에 선하다고 했다.

심지어 자기도 정리정돈 잘 안 하면서 "걔 진짜 정리 안 한다"라고 오빠가 엄마한테 푸념을 한 것 같았다. 엄마는 정 갈 데가 없으면 차라리 '얀니집 거실'로 가는 게 낫겠다고, 그래도 거기 가 있으면 생활 습관이라도 잡히지 않겠느냐고 권하기에 이르렀다.

그렇게 나는 김얀집 '썬룸(Sun Room)'에서 살게 되었고, 얀니와 '썬룸 메이트'가 되었다. 워킹 홀리데이러들을 대상으로 운영하는 호주의 셰어하우스는 실제로 거실에도 방을 만들어 셰어하는데 그 방을 예쁘게도 "썬룸"이라 부른다고 했다. 김얀집 하우스 메이트 한 명이 한 달 뒤면 독립해서 나간다고 하니 우리의 거실 생활은 그리 길지도 않을 참이었다.

왠지 재미있을 것도 같았다. 모두가 쓰는 공용 공간인 거실에서 생활하니 너저분하게 지내지도, 늘어지지도 못할 테니 강제로 부지런해질 수 있겠다는 생각도 들었다. 실제로 언니는 2년이나 거실 생활을 한 덕에 더 부지런해지고 그 결과 급매 오피스텔까지 살 수 있었다고 한다.

하지만 부푼 기대를 안고 시작한 '썬룸 생활'은 이사 첫날부터 난장판이었다. 진석이 내려준 짐들로 거실은 이미 발 디딜 틈 하나 없었다. 사실 내 짐은 아직 빙산의 일각만 가지고 온 것인데도 풀어놓고 보니 한 짐이었다.

이사 당일, 나는 겨울을 맞아 그리고 나이에 맞게 아주 '고오오급스러운' 하얀 코트와 하얀 모직 원피스를 살 계획이었다. 하지만 발 디딜 틈 없이 늘어져 있는 짐들을 보고 있자니 자연스럽게 그 마음을 접게 되었다. 내게 주어진 작은 옷장은 이미 꽉 들어차 그 무엇도 더 넣을 수 없는 상태였다. 심지어 당장 입을 옷들만 챙겨왔기에 나의 '진짜' 겨울옷은 아직 오지 않았는데도 말이다.

짐을 어떻게든 꾸역꾸역 쑤셔넣기 위해 노력하며 나는 결국 세 벌의 옷을 버려야 했다. 사실 이사 오기 전부터 짐을 챙기며 옷가지들을 버렸고, 이제 더 이상은 버릴 게 없다고 생각했지만, 이 짐 더미 한 가운데 있자니 뭐라도 더 버리고 싶다는 생각이 들었다. 나는 정말 뭐라도 더 버리고 싶어졌다.

단벌 숙녀에 가까운 미니멀 라이프를 지향하는 얀니에게도 태초에 책이 있었다. 우리는 해도 해도 끝나지 않는 짐 더미를 정리하며 농담으로 이 짐들을 '업보'라고 부르기로 했는데 얀니의 업보도 만만치 않았다. 무거운 책들을 이고 지고 살기란 정말 쉽지 않음을 실감했다.

1차 짐 풀기를 끝내고 씻고 나와 다시 힘을 내서 치우려는데 얀니의 셰어하우스에 거주하는 동생이 자신의 방에서 머리를 말리라고 권했다. 나는 그렇게 그의 방으로 들어섰다. 그의 업보도 만만치 않았다. 그 또래 여자 친구답게 수많은 화장품과 옷들이 있었다. 이 작은 공간에 어떻게 이렇게나 많은 물건이 빈틈없이 꽉꽉 들어차다 못해 터질 것만 같은지 감탄이 나올 정도였다.

자연스럽게 나의 수많은 기초 화장품, 수많은 색조 화장품, 수많은 향수, 수많은 헤어 제품이 떠올랐다. 또 수많은 봄, 여름, 가을, 겨울 옷더미도 떠올랐다. 수많은 귀걸이, 수많은 헤어밴드, 수많은 노트와 펜, 수많은 굿즈까지. 나는 약간 괴로워졌다.

어쩌다 그 수많은 물건을 사 모으게 되었을까? 사실 다 쓰지도 못하고 죽을 물건들인데 어떨 때는 1+1이라고 사고, 어떨 때는 그걸 구입하면 주는 굿즈 때문에 사버리고, 어떨 때는 무조건 세트로 질러버렸다. 스트레스로 과식하던 밤이면 술에 취한 채 누워 인터넷 쇼핑을 하고 자는 게 하루의 일과였던 때도 있다. 그때는 오로지 무언가를 사기 위해 물건을 샀다. 택배 상자를 뜯지도 않고 몇 달째 방치하기도 했다.

'그 수많은 물건을 살 돈으로 그 물건을 둘 수 있는 부동산을 사기 위해 노력하는 게 낫지 않았을까?'로 시작된 부동산에 대한 욕망은 '어쩌면 그 어떤 것도 소유하지 않는 것이 나은 것은 아닐까?' 하는 무소유로까지 비약했다. 아직 부동산은커녕 방 한 칸도 없어서 '썬룸'에 들어서게 되었지만 말이다.

작은 공간에 꾸역꾸역 물건들을 널어놓고 계속해서 정리하고 치우고 버리는 삶을 사느니 그냥 넓은 공간을 갖는 게 나은 것 같다가도, 그게 또 무슨 의미가 있을까, 그 공간을 관리하려면 또 얼마나 많은 노력이 필요하겠나, 그냥 언제든 훌쩍 떠날 수 있는 자유로움과 가벼움이야말로 정말 좋은 거 아닐까? 이런 생각들이 나의 '업보'들을 정리하는 내내 떠나지 않았다.

실제로 오피스텔과 빌라까지 두 개의 공간을 가지고 있는 얀니를 가까이서 보니 더욱 그랬다. 언니는 매일 쓸고 닦고 치우고 정리했다. 가만히 두면 금세 개판이 된다며 화장실 변기를 솔로 박박 문지르며 '가진다는 게 그렇게 좋은 것만은 아닌 거 같어……' 조용히 읊조리던 언니가 떠올랐다.

사실 나는 물욕이 있는 편이고 아기자기한 예쁜 쓰레기에서도 행복을 느낀다. 동시에 더 자유롭고 가벼운 삶을 살고 싶은 마음도 있다. 물욕과 미니멀 라이프 사이 그 어디쯤 나의 욕망이 위치한다. 그러니 지금 내가 말할 수 있는 건 '무언가를 가진다는 건 책임감이 드는 일'이라는 것 정도이다. 어떤 것을 갖게 되면 그것이 주는 즐거움과 만족과 행복만큼이나 그것을 유지하기 위해 시간과 노력과 에너지가 드는 법이니까.

물건만이 아니라 어쩌면 관계나 꿈 같은 것도 그렇지 않을까. 적정 거리를 유지하며 관계를 이어 나가는 건 늘 내가 어려워하는 일이기도 하니까. 주 5일 노동을 끝내고 맞는 짧은 주말, 촬영을 하기 위해 새벽에 일어날 때면 지친 적도 있으니까. 가진다는 건 생각보다 피곤한 일이기도 하다는 걸 요즘 깨닫는 중이다.

그러니 돈을 아끼기 위해 웬만해선 무언가를 사지 않는 것도 중요하지만, 그렇다고 돈만 고려할 것도 아니라고 생각한다. 내가 정말 이 물건과 계속해서 함께해도 즐겁고, 그것을 위해 책임질 각오가 되어 있는지도 생각해야 한다. 뜯지도 않은 택배 상자 속 스카프를 생각하면 설명할 순 없지만 나도 상처받는 느낌이다.

'2030 재테크에는 짠테크만 한 게 없다'는 말에 공감하면서도 '욕구를 억제하는 것'에 초점을 맞추는 듯해 한편으로는 께름칙했다. 동시에 너무 많이 주문해서 통째로 버려지는 배달 음식들과 시즌마다 쏟아져나오는 새로운 상품들 사이에 있다 보면 무언가 대단히 잘못된 것은 아닐까 생각한다. 존재하는 욕구인 물욕을 아무 의미 없다고 치부하기에는 인생은 짧다. 그렇다고 물욕에 집착하면 할수록 그만큼 공허하고 숨 막히는 일도 없을 것이다.

이와 같은 맥락에서 자조적이지만 나름의 즐거움이 있는 라이프 스타일인 '욜로족'과, 그 욜로족을 한심해하는 사람들 둘 다에 나는 마음이 가지 않았다. 우리에겐 현재도 있지만 미래도 있고, 동시에 미래도 있지만 현재도 있으니까.

그래서 나는 일종의 '책임감'을 가지고 내 삶을 꾸리는 게 어쩌면 내가 생각하는 멋진 인생에 가까워지는 길이 아닐까 생각한다. 책임감이라는 말이 예전에는 어딘가 무겁고 너무 엄숙하고 좀 고리타분하기까지 했는데 이제와 생각해보니 이보다 멋진 말이 있을까 싶다.

그런 의미에서 내가 가진 물건들을 책임감 있게 사용하고 싶다. 소중하게 사용하고 깔끔하게 관리하고 잘 보관하고 싶다. 그러기 위해서는 당분간만이라도 쇼핑을 줄이려고 한다.

더불어 물건뿐 아니라 나의 일과 인연에 더 책임감을 가지고 싶고, 나를 더 잘 책임지고 싶다. '썬룸'에서 시작된 (일단은) 강제 미니멀 라이프는 나를 책임감 있는 어른으로 도약시켜줄 것인가. 썬룸에서의 수기, 그 첫째 날 이야기가 막을 열었다.

얀니

나는 어쩌다 내 방 없는 집주인이 되었나

Chapter 1 내가 집주인이라니

40대의 나를 상상해본 적 없던 것처럼, 내가 월세를 받는 집주인이 되리라고는 단연코 상상해본 적이 없다. 서른여덟, 돈 공부를 하기 전의 나는 낯선 동네와 낯선 나라를 떠돌며 사는 게 좋았다. 어째서인지 내 집보다 남의 집이 더 편할 때가 많았다. 평생 이곳저곳을 여행하며 자유롭게 살고 싶었다. 지금 생각해보면 다른 식으로 욕심이 많았던 것 같다.

서른에는 사당동 투룸에서 여자 셋이 함께 살았고, 서른여섯, 호주에서는 애인 집에서 그의 태국인 가족과 함께 살았다. 심심할 틈이 없던 나날이었다. 환경과 계절을 내 멋대로 바꾸며 산다는 것이 나의 자랑이었다. 유년 시절, 이사를 많이 다닌 것은 타의에 의한 것이었지만, 성인이 되고서는 자의로 이곳저곳을 떠돌았다. 그래서 언제든 캐리어 하나 들고 떠날 수 있도록 짐은 되도록 쌓아두지 않았고, 여행을 갈 때도 저가 항공의 추가 요금이 무서워 기내용 캐리어 하나 외엔 다른 짐이 없었다.

책을 제외하고는 물욕도 없는 편이다. 사 모으는 것보다 버리는 쪽의 쾌감이 더 컸다. 그렇더라도 정리정돈에 능한 편은 아니었는데 서른 살 때 만났던 남자의 방에 가 본 뒤로 정리정돈이 멋지다는 걸 알고 따라 해보기 시작했다.

정리정돈을 잘하는 방법은 제법 간단하다. 일단 물건을 쌓아둘 정도로 갖지 않으면 된다. 많이 줄였다고 하지만 백배는 아직도 내 기준으로는 맥시멀리스트다. 내 옷장 한 통엔 사계절 옷이 다 들어가고도 공간이 조금 남는다. 액세서리도 귀걸이 두 개와 손목시계 하나가 전부다. 반지와 목걸이, 머리핀은 0개다. '아니, 거, 너무 심한 거 아닌가?'라고 할 사람도 있겠지만, 사실 이 정도가 되어야 '슬기로운 썬룸 생활'이 가능하다.

Chapter 2 집은 있지만 방은 없는데요?

어느 순간 집을 사고, 돈 이야기를 자유자재로 하는 나를 보고 변했다고 말하는 사람도 있겠지만, 아니올시다. 나는 여전히 이상하게 살고 있다. 일단 내 집은 있어도, 내 방은 없다. 2년 가까이 거실의 한 모퉁이가 나를 위한 공간이었다.

우리 집은 속칭 '미 쓰리룸' 급매 빌라로 소개되는 집인데 '미 쓰리룸'이란, 미닫이문이 있는 룸을 포함 쓰리룸을 말한다. 거실을 조금 넓게 쓰고 싶으면 미닫이문을 빼서 거실을 확장할 수 있고, 방이 필요하면 방으로 쓸 수 있는 기특한 구조다. 나는 각 방에 하우스 메이트를 두는 셰어하우스를 할 생각으로 이 집을 샀기 때문에 당연히 미닫이문을 끼워 방으로 사용하는 중이고 그 방 역시 내 것이 아니다.

각 방은 침대와 책상, 옷장으로 채우고 무보증금에 월 30만 원을 받았다. 지방에서 올라온 친구들은 보증금과 가구를 사 넣을 필요 없이 몸만 들어오면 되니 2년째 함께 지내고 있다. 내가 사는 집에서 매달 90만 원의 돈이 생기니 나도 나쁠 게 없었다. 그렇게 세 명의 친구들은 각자 방을 쓰고, 나는 거실을 방처럼 썼다. 혹시 친구들이 불편하지 않을까 잠잘 때를 제외하고는 주로 도서관이나 카페에서 글을 썼다. 어쩔 수 없이 부지런한 인간이 되어버렸다.

한창 돈 공부에 미쳐 있을 땐 남들이 사는 집을 보러 다니는 것도 재미있고, 지하철 호선마다 셰어하우스를 만들어볼까 하는 생각도 있었다. 실제로 함께 사업을 하자는 건설사의 제안도 받은 적 있다. 《오늘부터 돈독하게》(미디어창비, 2020) 출간 뒤에 했던 경제 신문 인터뷰를 보고 같이 셰어하우스 사업을 해보자고 연락이 온 것이다. 호기심에 통화를 해보니, 그들은 정말로 젊은이들을 위해 '봉사'하는 마음으로 이 사업을 해보고 싶다고 했다. 나에게 정보를 얻고 싶고, 운영과 홍보를 맡기고 싶다고 했다.

하지만 자꾸 본인들은 '젊은 사람들을 돕는 것'이라는 명분을 강조했다.

사실 어떤 기업이든 이익을 내지 않으면 사업은 돌아가지 않는다. 나 역시도 돈을 벌기 위해 나의 집을 공유하고 있고, 돈을 내는 사람들의 편의를 위해 불편함을 감수하며 거실에 짱 박혀 있는 것이다. 자꾸만 젊은이들을 위한, 봉사, 어쩌고 하는 말을 강조하는 게 아무래도 찜찜해서 업체를 구글링 해보니, 놀랍게도 세금 체납으로 이름이 올라 있는 회사였다. 그럼 그렇지. 얼른 번호를 차단했다.

돈과 관련된 글을 쓰다 보면 이런저런 곳에서 다양한 제안을 받게 되는데 꼭 저렇게 명분을 내세우는 곳일 수록 수상한 곳이 많다. 셰어하우스도 그렇고 사업도 그렇고 나는 무리해서 일을 진행하고 싶은 마음이 없다.

아무리 생각해봐도 나는 무엇을 많이 가져야 행복감이 커지는 사람이 아니다. 내가 좋아하는 것은 책을 읽고, 글을 쓰는 일이다. 돈도 그렇다. 누군가에겐 귀여운 자산일 수 있겠지만, 나는 이제 돈 걱정은 하지 않는다. 돈을 버는 방법을 터득했고, 현재 하고 싶은 일을 하면서 먹고살고 있다.

'빨리 부자가 되는 법'은 생각보다 간단하다. 일단, 부자의 기준을 낮게 잡고, 돈이 모일수록 함께 솟아나는 욕심을 조금씩만 덜어낸다면 그리 긴 시간이 필요하지 않다. 처음부터 무리하게 인 서울 아파트나 한강 변 아파트를 목표로 잡았다면, 나는 지금도 원치 않는 일에 시간과 에너지를 쏟아부어야 했을 것이다.

가끔은 무리수를 던지며 내 자신과 주변 사람에게 피해를 줄 수도 있었을 것이다. 무엇보다 지금처럼 매일 도서관으로 가서 읽고 싶은 책을 고르고 관심 있는 분야를 공부하며 지낼 수 있는 여유는 한참 뒤로 미뤄야 했을 것이다. 놀랍게도 지금의 이 여유는 내 집의 거실 한구석, '썬룸'에서 시작되었다.

때로는 사람들로 북적이는 이 집이 정말로 내 집이 맞나? 하는 생각이 들 때도 있지만, 현재 내 상황을 받아들이고 최대한 그 안에서 행복을 찾으려 노력한다. 이사 걱정 없이 마음껏 책을 쌓아둘 내 공간이 있다는 것에 만족하며. 소박하고 분주한 나의 동네를 사랑하며.

지금 당장 행복하려면, 지금 내가 살고 있는 곳을 먼저 사랑해야 한다. 남들이 보면 그저 그런 흔한 구축 빌라로 보이겠지만, 이 작고 귀여운 집은 나에게 최고의 스위트 홈이다. 그러니 틈이 날 때마다 쓸고 닦아본다. 현관은 복이 들어오는 곳이니 쓸고 닦고, 부엌은 밥을 짓는 곳이니 쓸고 닦고. 지금 함께 있는 친구들과 지금 당장 여기서 행복하자는 마음으로 오늘도 나의 세계를 쓸고 닦아본다.

P.S. 아, 그리고 지금은 다행히 제 방이 생겼답니다.
마흔에 드, 디, 어!

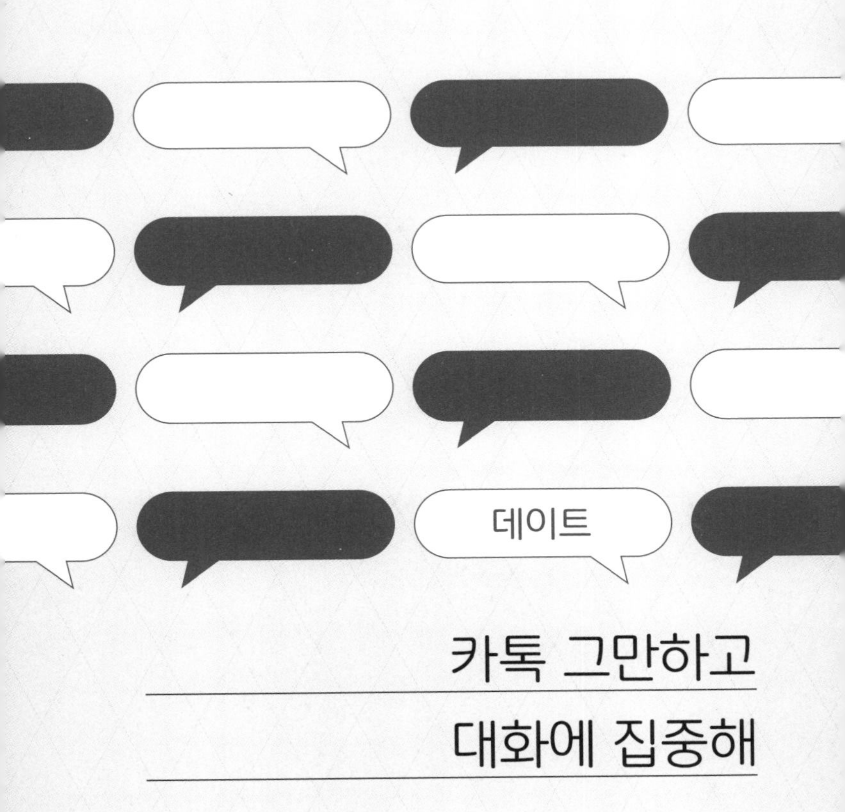

카톡 그만하고 대화에 집중해

백배

서른,
틴더를
깔아보았습니다

"야야, 당장 이 닦아라."

누워 빈둥거리고 있는 내게 얀니가 호들갑을 떨며 말했다. 나와 매칭된 틴더남을 보더니 느낌이 온다며 빨리 나가보라는 것이었다.

몇 번의 소개팅 실패와 몇 번의 '진지한' 데이팅 어플 만남 실패로 나는 막 틴더를 깔아본 참이었다. 여기서 말하는 '진지한' 어플이란, 직장인들 사이에서 결혼까지 간 사례가 있는 것으로 유명한 데이팅 앱인데 직장 동료 여럿에게 강력 추천받았다. 학력부터 직장 정보까지 전부 입

력해야 하고, 꽤 긴 분량의 자기소개와 가치관까지 설정해야 하는, 거기다 얼굴 사진은 아주아주 작게 보이는, 꽤 까다로운 데이팅 앱이었다.

살면서 소개팅 한 번 해본 적 없는 얀니는 학력과 직업을 공개하고 만나는 것이 무슨 재미가 있겠느냐고 했다. 나 역시 동의하는 바이지만 코로나로 인해 새로운 이성을 만날 창구가 없었기에 시도를 해본 것이다. 언니는 장인은 도구를 탓하지 않는다며 만나려면 다 만날 수 있다고 했지만.

그러다 뒤늦게 틴더의 세계에 입성했다. 틴더는 각종 소문으로 무성했지만 차라리 솔직하고 일단 사진이 많았다. 학력이나 직업과 같은 정보 혹은 종교나 추구하는 라이프 스타일 같은 가치관보다도 몇 장의 사진이 꽤 많은 것을 말해준다는 사실도 알게 되었다.

그럼에도 불안한 마음이 들어 얀니에게 "진짜 만나러 가도 될까?" 물어봤다. 조금 더 부연하자면, 틴더를 통해 실제로 만나기가 무섭다며 서로의 신분증을 '인증'하자고 한 남자가 있었기 때문이다. 도대체 무슨 일들이 있었기에 이렇게까지 하나 싶었다. 또 집요하게 만나자고 강하게 밀어붙이길래 실제로 만나봤더니 정말 무례한 사람을 만난 적도 있었다. 신중에 신중을 기해야 하니 언니에게 물어볼 수밖에.

자칭 '스트릿 만남 전문가'인 얀니는 다 필요 없고 남자는 눈빛만 보면 된다고 했다. 얀니는 그렇게 한동안 일명 나만의 '틴더 감별사'가 되었다.

"눈빛이 안 좋아…… 이런 애는 만나면 안 된다."
"어디 보자, 이 친구는…… 나쁜 애는 아닌데 재미는 좀 없겠다."

그런 식으로 99퍼센트 대리 거절해주던 얀니가 이번엔 당장 나가라고, 바로 이 친구라며 호들갑을 떠는 것이었다. 귀여운 외모였지만 나이 차가 꽤 나기도 해서 별생각이 다 들었다. 내가 너무 나이 들어 보이면 어떡하지? 당일에 안 나오는 거 아니야? 나 보고 도망가는 거 아니야? 처음 연하를 만나보는 관계로 큰 기대를 하지 않고 약속을 잡았다. 약속 장소 앞에 서 있으면서도 괜히 나왔다고 생각했다. 차라리 그가 나오지 않기를 빌면서 그를 기다렸다. 약속 장소 앞에서 갖게 되는 틴더, 현타의 시간.

"저는 핑크색 가방 들고 있어요."

"저는 검은색 코트 입었어요."

서로의 차림새를 설명했다. 다행히 그 친구는 튀지 않고 약속 시간에 꼭 맞춰 나타났다. 우리는 그렇게 드디어 만났다. 그리고…… 실제로 보니 더 귀여웠다.

"귀여워ㅠㅠ"

언니에게 고맙다고 바로 카톡을 보냈다. 언니는 카톡 그만하고 대화에 집중하라고 했다. 원래 가볍게 맥주만 마시고 헤어지려던 만남이 "어, 나도 그 영화 아직 안 봤는데!" 하며 영화를 보러 가는 것으로 이어졌다.

영화관까지 가는 택시 안에서 나는 얀니에게 배운 비장의 무기를 드디어 실천해보았다. 비장의 무기란, 마음에 드는 사람에게 은근슬쩍 스킨십을 시도해보는 것이었다. 나는 그전까지 "그런 걸 대체 어떻게 해!" 하는 쪽이었는데 언니는 대체 그걸 왜 못하냐고 답답해했다. 그냥 웃으면서 상대방 쪽으로 슬쩍 가까이 가거나 손을 잡아서 호감을 표시하라고 얀니는 노래를 불렀는데 드, 디, 어, 처음으로 시도해볼 결심이 든 것이다.

택시에 나란히 앉아 있으니 서로의 거리도 가까워졌겠다, 일단 그 친구의 무릎 언저리에 슬쩍 손을 두었다(나중에 이 친구가 말하길 너무 티가 나서 당황했다고 한다). 거리 계산을 잘못해서 내 손은 하나도 자연스럽지 않고 뻘쭘한 상황이었다. 이걸 어떻게 다시 거두지? 고민하는 찰나 그 친구가 곧 내 손을 잡아주었다. 맙소사. 언니가 말하던 게 바로 이런 거였구나. 손만 잡고 있어도 좋았다.

마스크를 쓰고 있는 게 다행일 정도로 주체할 수 없는 미소가 새어 나왔다. 그렇게 우리는 서로의 손을 놓지 않은 채 영화관에 들어섰다. 영화 시작을 기다리면서 조금 더 용기 내어 어깨에도 슬쩍 기대보았는데 서로 너무 경직된 채라 자세가 너무 불편해서 그건 금방 포기했다.

불이 꺼지고 영화가 시작되었다. 우리는 여전히 손을 잡고 있었다. 영화에 집중하려는 찰나, 갑자기 손 안쪽에서 무언가 이상한 일이 일어났다. 생전 처음 느껴보는 감각이었다. 나는 좀 당황했다.

"어…… 이게 뭐지……?"

사실 내가 나이가 훨씬 많기 때문에 이 어린 친구를 어떻게 리드해야 하나 고민하고 있었는데 역시나 아무것도 모르는 내가 요즘 친구들을 걱정할 필요가 없음을 깨닫는 순간이었다.

그는 엄지손가락으로 내 손바닥 가장 아래쪽을 아주 천천히 그리고 아주 약간 쓰다듬었다. 손바닥 안쪽이 그렇게 민감한 부위라는 걸 그때 처음 알았다. 그것만으로도 나는 흥분해버리고 말았다. 덕분에 용기 내어 나도 그 친구를 따라 내 엄지손가락으로 아주 천천히, 아주 조금씩 그의 손바닥 아래쪽을 쓸어내렸다. 그렇게 감질나게 몇 번씩 서로의 여린 살을 만졌고 점점 쓸어내리는 강도와 범위가 과감해졌다.

우리는 서로의 손바닥 이곳저곳을 천천히 어루만지고, 가볍게 쓸어내리고, 부드럽게 쓰다듬었다. 손의 이곳저곳이 계속해서 스치고 엇갈리고 그러다 다시 붙었다. 나중에는 둘 다 영화고 뭐고 다 잊고 두 손을 다 이용해서 서로의 손을 본격적으로 탐닉했다. 그의 손이 코트 안쪽으로 아주 조금 들어와 내 손목까지 만져버릴 때는 마치 섹스하는 것처럼, 솔직히 말하면 섹스할 때보다 더 흥분해버렸다. 나는 그저 손깍지를 아주 세게 끼거나 그의 손을 세게 잡는 식으로 흥분을 가라앉힐 수밖에 없었다.

얀니는 “손으로 다 했다”라며 이를 ‘손 섹스’라고 명명해주었다. 이상야릇한 ‘손 섹스’는 내 섹스 인생에서 절대로 잊지 못할 추억이 되었다. 사실 나는 20대 중반까지 불감증이 아닐까 생각할 정도로 오르가슴을 느껴본 적이 많지 않았기 때문이다.

사랑하는 사람과의 편안한 스킨십은 나도 좋아하고, 상황 자체가 주는 재미나 스릴은 느껴봤다. 하지만 키스나 애무, 섹스를 해도 오르가슴을 느끼기는 쉽지 않았다. 자위를 하면 또 그렇진 않으니 불감증은 아니고 도대체 뭐가 문제일까 생각했다. 섹스 자체에서 오는 오르가슴은 드물거나 아주 찰나인 것 같은데 나만 이런 건가? 다들 재미있게 섹스하나? 아니면 연기하는 건가? 그런데 어느 정도가 좋은 거지? 정말로 궁금했다.

그런데 손만 잡아도 오르가슴을 느낄 수 있다는 걸 그날 밤 처음 알아버린 것이다. 언니는 내가 해본 몇 안 되는 진짜 제대로 된 새로운 섹스를 축하하며, 결국 '굿 섹스'를 위해서는 뇌가 흥분해야 한다고 말했다.

그간 내가 했던 섹스들, 그리고 망한 섹스들을 떠올려보니 도무지 뇌가 흥분할 새가 없었던 것 같기는 하다. 일단 모텔을 찾으러 가는 과정부터 좀 깬다. 숙박업소 예약 어플을 켜고 어떨 때는 택시를 타고 가거나 줄을 서기도 해야 하는데 그렇게 어렵게 들어서면 보이는 풍경부터가 도무지 사람을 흥분할 수 없게 만든다.

임신에 대한 공포는 또 어떤가. 나는 피임기구를 처음에만 확인하는 게 아니라 중간마다 확인하고, 후에도 꼭 확인한다. 그럼에도 불구하고 생리 주기가 틀어지면 두려운 마음에 임신 테스트기를 해보고, 공포에 떨며 산부인과에 가는데 이 과정이 당연히 달갑지 않다. 한 친구는 콘돔이 제대로 착용됐는지 확인하기 위해 일부러 불을 끄지 않고 섹스를 한다고 했고, 한 친구는 조금만 불안해도 바로 사후 피임약을 먹는다고 하는 걸 보면 모두가 임신에 대한 공포를 공유하고 있음이 분명하다.

각종 몰카 유출 사건도 얼마나 많은지 잘 알기 때문에 몰카에 대한 두려움도 결코 적지 않다. 무엇보다도 몰카범을 만날 수 있다는 생각에 '원나잇' 같은 건 상상도 하지 않았다. 모텔 거울에 몰카가 있다는 뉴스 때문에 한동안 침대 가까이 있는 거울이 께름칙했다.

안전한 장소에서 안전한 상대와 안전하게 섹스를 한다고 해도 뇌가 흥분할 수 없는 이유는 더 댈 수 있다. 내가 지금 어떻게 보이는지 스스로를 너무 의식하는 것도 수많은 이유 중 하나다. 내 얼굴이나 표정이, 내 몸매나 내가 내는 소리가 어떨지 신경 쓰는 나머지 섹스에 집중하기 어렵다. 지금 내 얼굴 괜찮나? 표정 너무 이상해 보이는 거 아니야? 이 자세는 뱃살 보여서 너무 싫은데. 이러다 옆집에 들리는 거 아니야? 옆집 사람이랑 마주치면 민망해서 어쩌지.

또 여자가 너무 적극적이면 안 된다거나, 너무 경험이 많아 보이면 안 된다는 등 숱하게 들었던 섹스에서의 성 역할도 무의식적으로 내 발목을 잡는다. 너무 '쉬워 보이거나' '싸 보이면' 안 된다는 조언들. 너무 많이 알거나 즐겨서도 안 된다는 말들.

그러다 보니 더더욱 내 몸을 알려고 하지 않아 무지했고, 자연히 수동적으로 재미없는 섹스를 했다. 사실 남자들도 여자를 만족시켜야 한다는 강박에 무리하거나 애를 쓰는 것 같은데 그럴수록 오히려 비극만 일어날 뿐이라는 것을 나는 너무 늦게 알아버렸다. 지금 알고 있는 걸 그때도 알았더라면.

물론 이 '손 섹스' 한 번으로 섹스에 통달해 즐거운 섹스 라이프를 즐기고 있다면 좋겠지만 애석하게도 그런 일은 나에게 일어나지 않았다. 다만 '손 섹스' 사건으로 연하는 절대 남자로 안 보여서 만날 수 없다고 생각했던 나의 편견 하나가 깨졌고, 뇌가 흥분하면 손만 잡아도 무슨 일이 일어나는지를 알게 되었다.

서른의 첫 경험(?)이 나에게 알려준 중요한 가르침이다. 게다가 이제 나도 이 정도는 자신 있게 말할 수 있다. 손으로는 나도 좀 할 줄 안다고.

얀니

내 섹스는
내가 알아서
할게요

각종 보수 연합 어르신들께 죄송하지만, 나는 섹스가 대단한 것이라고 생각하지 않는다. 나에게 섹스란, 호기심의 한 조각이고 상대방을 더 알고 싶은 욕망이고 대화의 한 방식이다. "그래도 섹스는 생명을 탄생시키는 일인데 어쩌고" 하며 나를 꾸짖으려 하시는 분이 계시다면 이렇게 묻고 싶다. '과연 어제 섹스를 한 사람들 중에서 생명을 탄생시키기 위해 한 사람은 과연 몇 프로나 될까?' 나의 생각을 바꾸려 하시기보다는 길거리에 버젓이 나와 있는 "러시아 미녀 항시 대기"라 적혀 있는 입간판과 강남역 근처 오피스텔 성매매 업소를 전수조사 하는 데 힘써 주시길 바란다.

그렇다고 해서 내가 아무와 마구 뒹군다는 것은 아니다. 상업에는 상도가 있고 불교에는 불도가 있듯 무릇 섹스에는 '섹도'가 있는 법이다. 내가 생각하는 '섹도'란 마태복음 5장 27절 말씀과 흡사하다. 즉, '남의 것을 취하지 않는다'는 것으로 임자가 있는 사람과는 엮이지 않는 것이다.

그러고 보면 섹스는 돈과 마찬가지로 누구 하나 제대로 가르쳐준 사람이 없었다. 자라는 내내 여자는 몸을 소중히 해야 한다고만 교육받았다. 심지어 내가 고등학생일 땐 전교생이 강당에 모여 순결 교육을 받으며 '순결 캔디'를 먹기도 했다.

여자의 성기는 자주 "소중이"로 불리곤 했는데 그곳이 정말로 소중하다면 그것을 제대로 사용하는 법도 같이 알려줘야 하지 않을까? 클리토리스는 오직 쾌락만을 위해 존재한다는 것도 스스로 깨칠 수밖에 없었다. 나는 지금도 내 성기가 다른 신체 부위보다 더 특별히 소중하다고 생각하지 않는다. 나의 신체는 이곳저곳이 모두 평등하게 소중하다.

열여덟, 첫 삽입 섹스의 추억을 떠올려본다. 상대는 옆 학교 밴드부에 동갑내기 남자애였다. 잘생긴 외모와 나대지 않는 성격으로 여자들에게 꽤 인기가 많았다. 나는 그 친구와 가까워지기 위해서 그가 좋아하는 너바나나 메탈리카의 음악을 억지로 들었다.

그런 눈물겨운 노력과 특유의 재치로 드디어 그의 집에도 드나들 정도로 가까운 사이가 될 수 있었다. 늦은 퇴근을 하는 친구의 부모님 덕에 우리는 그의 집에서 매일 야한 비디오를 보며 두세 시간씩 껴안고 키스를 했다. 참 재미있는 것이 분명 TV 앞에 누워서 시작한 키스는 눈을 떠보면 방 문턱까지 밀려와 있었다.

그렇게 온 방을 구르면서 서너 시간씩 키스를 하다 보니 아래쪽 입술이 보라색으로 멍든 적도 있었다. 하지만 두 달이 지나도 그 이상의 진도는 나가지지 않았다. 그저 매일 둘이 껴안고 방 전체를 뒹구는 것까지가 끝이었다. 나는 이 친구와 '삽입 섹스'라는 것을 해보고 싶었지만, 이 남자애는 아직 경험이 없는 내가 부담스러웠던 건지(그 친구는 이미 경험이 있었다) 아니면 나와 사귀기는 싫었던 건지 언제나 보랏빛 키스까지 선을 그었다.

당시에도 나는 문학소녀였기에 각종 소설에 등장하는 성애 장면을 읽으며 섹스에 대한 호기심은 커져만 가는데 아무도 제대로 이야기해주는 사람이 없었다. 정말로 다들 잘 모르는 것 같기도 했다. 우리 부모님은 TV에서 키스 장면이 나오면 화들짝 놀라 얼른 리모컨을 찾는 사람들이었기 때문에 집에서 성에 관련한 이야기는 일절 언급이 없었다. 주변에 이미 경험해본 친구들의 이야기라면 로맨틱한 분위기라고는 찾을 수 없었다. 나의 섹스는 그들과는 달라야 했다.

결국 나는 그를 설득한 끝에 드디어 삽입 섹스를 경험할 수 있게 되었다. 몸과 마음이 충분히 이완되어서 그랬던 건지 첫 경험을 말하던 친구들처럼 아프지도 않았고 피도 나오지 않았다. 오르가슴까지는 없었지만, 이제껏 한 번도 해보지 않은 이상한 체험이라 오묘한 재미가 있었다.

특히 '어른들이 절대로 하지 말라는 짓'을 했다는 것만으로 뭔가 뿌듯했다. 어른이 된 것도 같았고, 어른이라는 것도 별게 없군, 이라는 생각이 들었다. 남자애와 평소처럼 손을 잡고 버스 정류장까지 걸어가는 길의 밤공기가 왠지 다른 날과는 다르게 느껴졌던 것 같기도 하다.

하지만 그 한 번의 섹스 이후로 우리는 관계 설정의 어려움을 겪다 결국 그는 보랏빛 추억만 남기고 사라졌다. 결국 한 번으로 끝났지만, 그래도 풋풋한 추억으로 남아 있다. '라떼만 하더라도' 긍정적인 감정과 함께 첫 경험을 이야기하는 여자들이 거의 없었다.

백배와 또래 친구들에게 물어보니 첫 경험에 관해서는 예전과 크게 달라진 것이 없어 조금 놀랐다. 여자들은 좋아하는 대상과 섹스를 하고 있으면서도 늘 어딘지 모를 두려움과 죄책감에 시달리고 있었다.

물론 신체 구조상 섹스를 하고 난 뒤에는 여자 쪽에서 감당해야 하는 부분이 큰 것은 사실이다. 만족스러운 섹스를 했더라도 질염 등의 이유로 관계 후 병원을 방문하는 경우는 여자 쪽이 확실히 많다. 검사비며 병원비며 적게는 3일에서 길게는 2주일까지 약을 먹어야 하는 것도 만만치 않은데 남자에게는 같은 균이 발견되지 않는 경우도 있다. 이런 문제에 대해서는 남자도 제대로 알아야 하고 연출된 포르노가 아닌 실제 여자들이 말하는 몸과 섹스에 대해서 진지하게 받아들여야 한다. 특히 임신에 대한 공포와 임신 중단수술, 육아에 관련해서도 남녀 모두에게 공평한 교육이 필요하다.

덧붙여, 좋은 섹스라는 것은 단순히 삽입 행위만을 의미하는 것이 아니다. 왕가위 감독이 말했다. 영화란 '누구랑 어떤 길을 걸어서 극장에 들어갔으며 보고 나서 어떤 이야기를 나누며 집에 돌아왔느냐'까지가 그 영화의 완성이라고.

섹스 역시 다르지 않다. 섹스 전에 우리가 나눴던 대화와 응집되는 분위기, 서로의 몸을 어떻게 어루만지는지, 섹스를 시작하기 전과 후의 태도를 보면 이 사람의 배려심을 가늠할 수 있고, 서로 맨몸을 맞대고 타액을 섞다 보면 자연스럽게 그 사람의 건강 상태나 청결도를 알 수 있다. 섹스를 한 사람만이 나눌 수 있는 더욱 친밀한 대화. 이것을 모두 포함해서 섹스라고 부를 수 있는 것이다. 물론 이것은 '성기의 삽입'이라는 것이 없더라도 충분히 성립된다.

요즘의 나는 함께 굿 섹스를 나눌 만큼 내 에너지와 시간을 선사하고 싶은 상대가 없기에 'No Sex No Worries'의 평온한 상태에 살고 있다. 하지만 예나 지금이나 섹스에 대한 나의 기조는 같다. 나는 섹스를 할 그리고 하지 않을 자유가 있고, 무엇보다 정말로 소중한 것은 섹스라는 행위가 아닌 누군가를 깊이 생각하는 마음이라는 것.

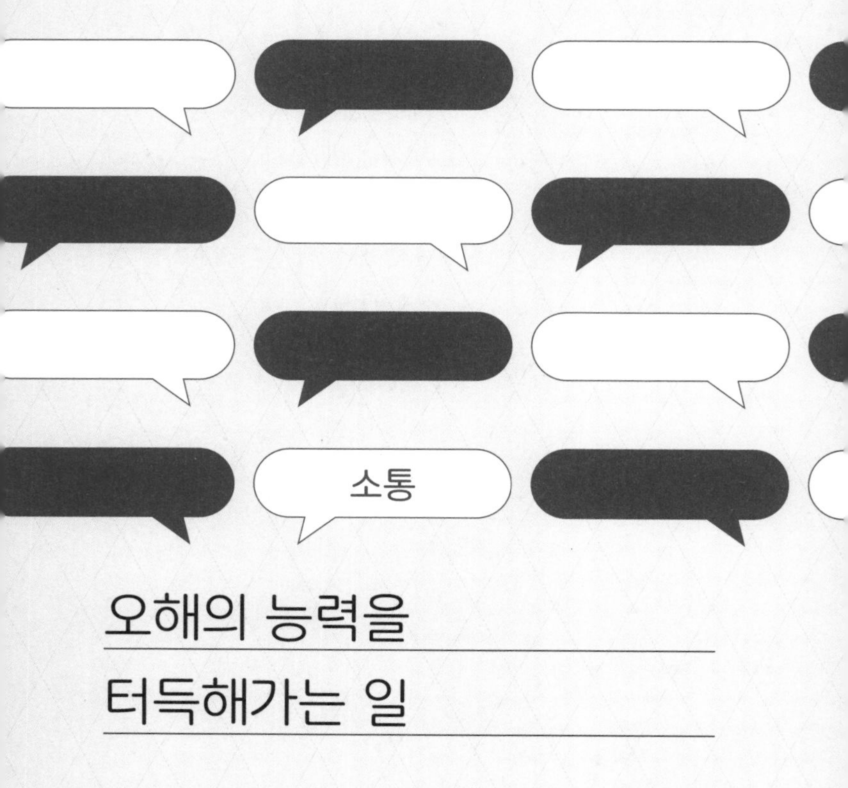

오해의 능력을 터득해가는 일

백배

'섹시 큐티 톡'의 비밀

㊲1. 사람들이 모인 술자리.

남자가 들어선다. 남자는 여자 옆에 앉는다. 여자는 그에게 인사를 하는 둥 마는 둥, 이내 그를 등지고 앉는다. 하지만 여자는 사실 남자에게 호감을 느끼고 있었다. 여자는 속으로 다짐한다. 기필코 오늘은 술에 취하지 않겠다고. 하지만 결국 양주를 반병 가까이 마시고 취해 고래고래 소리를 지르는 여자에게 남자는 말한다. "정말 착한 남자 만나셔야 할 것 같아요."

#2. 자연스럽게 삼삼오오 스몰토킹 중인 술자리.

술에 취했는지 여자는 또 엄마 이야기를 시작한다. 그

러다 기어이 울고 만다. 엉엉엉. 꺼이꺼이. 다른 여자들은 그 자리에 있던 훈남들과 인스타 친구가 되어 디엠을 주고받는 사이가 되었지만 여자는 그 자리에서 어떤 남자와도 친해지지 못했다. 그리고 다른 친구들에게 묻는다. "대체 둘이 어떻게 친해진 거야?"

#3. "아는 오빠가 자기는 여자를 100명 정도 만나봤다는 거야. 그때부터 100이라는 숫자에 꽂힌 거 같아. 내 성도 '백' 씨잖아. 언젠가는 100요선 되고 말 거임! ㅋㅋㅋ" 여자는 재미있는 농담이라고 생각하며 남자에게 말한다. 다음 날 남자로부터 카톡이 온다. "누나는 나를 가지고 노는 거 같아. 그만 연락하자." 사실 그 남자는 여자가 오랜만에 연애까지 생각해본 사람이었다.

나의 이런 경험담은 끝이 없다. 분명히 상대에게 호감을 가지고 있었으나 그 마음을 제대로 전달하지 못해서, 혹은 그 상황에서 해서는 안 될 말을 해서 박살 난 경험들. 친구들 사이에서도 나의 별명은 '코리안 조커'인데 한껏 꾸미고 나와 신나게 놀다가도 갑자기 남자들에게 시비를 거는 등 공격적인 모습을 보이니 종잡을 수 없다는 게 그 이유였다. 예쁜 척하다가 주접을 떨고 갑자기 공격적이고 시니컬해지는데 그 일련의 과정이 하나도 자연스럽지가 않다고. 더 비극적인 건 마음에 드는 사람이 있을수록 오히려 그 정도가 심하다는 것이다.

그런 나에게도 아주 오랜만에 데이트 신청 같은 것이 들어왔다. 설레는 마음도 잠시, 남자와 단둘이 만날 생각에 걱정이 앞섰다. 나에게는 단 한 번의 만남으로도 상대가 가진 호감을 박살 내는 능력이 있기 때문이다. 얀니는 나에게 그것 또한 대단한 능력이라고 나를 '색기 제로'라고 불렀다. '색기 제로'인 나는 조력자가 필요했다.

"그런데 혹시…… 친한 언니랑 같이 가도 돼?"

남자는 예상치 못한 내 질문에 당황한 듯했다. 구차하게 덧붙였다.

"그런데 이 언니가 진짜로 재밌거든."

그래, 나는 헛소리는 좀 해도 거짓말은 안 하니까.

그렇게 셋이서 만나게 된 조금은 이상한 술자리. 얀니는 자기만 믿으라고 했다. 어색함도 잠시, 얀니의 능수능란함 덕분에 자리는 금세 재미있어졌다. 일단 얀니에게는 인간 대 인간으로서 상대를 향한 진실한 호기심이 있었다. 그 호기심을 기반으로 한 적절한 질문 덕에 그 친구의 깊은 면도 자연스럽게 알 수 있었다.

당시 코로나로 식당이 일찍 문을 닫는 시기였기에 밤 아홉 시면 자리를 떠야 했다. 아쉬운 마음이 한가득이었지만 어쩔 수 없다고 생각하던 와중, 얀니가 내 마음을 알아차렸는지 자연스럽게 그에게 물었다.

"친구 집이 근처라고 했지? 너희 집 가서 더 놀아도 돼?"

술자리 분위기가 무르익던 터라 그는 흔쾌히 우리를 자기 집으로 데려가 주었다.

언니는 자기가 왜 따라가야 하는지, 이게 지금 맞는 건지 모르겠다고 나에게만 들리게 조용히 중얼거렸다. 휴. 언니의 한숨 소리를 못 들은 척했다. 가는 길목에 있는 편의점에도 들러 집들이 선물로 갑티슈 세트도 구입했다. 그래, 우리는 좀 막무가내이긴 해도 염치는 있으니까.

그는 집에 마땅한 게 없어서 미안하다며 달걀까지 풀어 라면을 끓여주고, 김치에 마른반찬까지 내주었다. 나는 김치를 리필까지 해가며 야무지게 먹었다. 그러고는 밤새 다른 어디에서도 나눌 수 없는 이야기들을 나누었다. '내가 생각해도 진짜 이상했던 나의 행동'이라든가 '다른 사람에게는 한 번도 해보지 않았던 이야기' 등등.

은밀하고 놀라운 이야기들이 오고 갔지만 민망하거나 부끄럽지 않았다. 그도 이렇게 재미있는 자리는 처음이라며 다음에 또 이야기하자고 했다.

집으로 돌아와 얀니는 오늘의 나에게 후한 점수를 주었다. 일단 술에 취하지도 않았고, 시비를 걸지도 않았다는 것만으로도 장족의 발전이라며 나보다 더 좋아했다. 그때 내가 이런 농담을 했는데 아주 좋았다면서 바둑 복기하듯 대화를 복기해주었다. 우리는 밤새 '대화하는 법'에 대해 이야기했다.

얀니가 말하는 '좋은 대화론'의 필수 조건은 '상대에 대한 진정한 호기심'과 '솔직함'이다. 그 사람에 대해 더 알고 싶은 마음과 나의 이야기 먼저 꺼낼 수 있는 솔직함. 여기서 유의해야 할 점은 솔직해야 한다고 해서 상대에게 모든 것을 '있는 그대로' 다 보여줘서는 안 된다는 것이다. 다짜고짜 모든 것을 다 보여주는 건 좋은 방법이 아니다. 상대와 나의 거리를 봐가면서 그가 받아들일 수 있는 정도까지 조절해야 하는 법이다.

결국 소통에서 가장 중요한 건 '상대에 대한 배려'인 셈이다. 지금 상대는 어떤 상황인지, 이런 말을 하면 상대는 어떻게 느끼고 생각할지 고려하며 내 이야기를 해야 한다.

부끄럽게도 나는 대화의 첫 단추부터 잘못 끼우곤 했다. 온 관심이 나에게만 쏠려 있었기 때문이다. 내가 도대체 어떤 사람인지, 내가 가진 문제는 무엇인지, 그래서 내가 어떻게 보이는지, 상대는 이런 나를 어디까지 받아들여줄지에 대해서 생각하느라 분주했다. 상대와의 거리 같은 건 생각해볼 여력이 없었다. 비단 이성 관계에만 국한되는 문제는 아닐 것이다. 그래서 내가 어떤 욕망을 가진 사람인지, 나를 괴롭게 하는 것은 무엇인지 알게 될수록 점차 상대를 볼 수 있는 여유가 생겨나서 신기해하는 중이다. 타인에 대한 관심은 쓰면 쓸수록 생겨나는 마음의 근육과도 같은 건가 싶다.

얀킴 가라사대, 좋은 대화의 요소는 한 가지가 더 있다. 재미 지상주의자인 얀니는 여기에 '재미'까지 있어야 완벽한 대화가 완성되는 법이라 했다. 재미란 상황에 따른 적절한 유머, 상황을 비트는 의외성, 상상의 여지를 남기는 여운 모두를 아우른다.

얀니는 "지금 뭐 해?" "밥은 먹었어?" "몇 시에 잘 거야?" 같은 지지부진한 대화만 주야장천 하는 나와 그 친구의 카톡을 보며 가슴을 치며 답답해했다. 하나 마나 한 이야기를 반복해서 뭐 하느냐며. 밥 이야기로 시작해도 '적당히 화제를 건너뛰고 분위기를 전환해야 하는 법!'이라고 했다. 일상적인 대화를 하다가도 적당히 섹슈얼한 분위기를 만들고! 유머로 마무리하는 기술! 따분하게 늘어지지 않고 여운을 남기며 마무리하는 게 바로 '섹시 큐티 톡'이라고 했던가.

나는 여기에 한 가지를 더 추가하고 싶다. 바로 '편견 없음'. 언니는 상대가 누구든, 그 사람이 어떤 말을 하든 편견 없이 받아들여주었다. 상대를 자신의 기준으로 재단하거나 무시하거나 공격하지 않았다. 그래서 언니와 함께 이야기하는 사람들은 하나같이 어디서는 할 수 없는 말을 술술 했고, 그 대화의 여운이 그들에게도 진하게 남는 것 같았다.

그에 비해 나는 누구보다도 많은 편견과 선입견을 가지고 있었다. 열등감이 만들어낸 엄청나게 복잡한 평가 기준으로 그간 사람들을 평가하고 단정해왔다. 외모와 나이, 학력과 직업, 부모와의 관계와 마음의 건강함, 지적 수준과 유머 취향까지 다 평가 대상이었다.

여길 통과하면 어떤 자의식을 가지고 있는지, 그걸 어디까지 드러내고 어떻게 조절하는지까지 평가하려 들었다. 모두가 존경하고 좋아하는 사람에게 일부러 더 엄격하게 굴고, 사람들이 피하는 사람의 좋은 점은 기어이 찾아내서 상냥하게 구는 것도 내가 가진 이상한 편견에서 기인했다.

앞으로는 좋은 대화를 해볼 수 있기를 바라던 중 그 친구로부터 또 만나자는 연락이 왔다. 이번에는 둘이서만 만나볼 용기가 생겼다. 내가 먼저 너희 집에 놀러 가도 되냐고 물었다. 이젠 실전이었다.

자신감으로 충만해진 나는 와인을 들고 호기롭게 그의 집 벨을 눌렀다. 두 번째 와보는 공간이니 그리 어색하지도 않겠다, 지난번에 같이 재미있게 시간을 보내고 내밀한 이야기까지 나누었으니 기대가 됐다. 혼자 온갖 상상의 나래를 펼치며 문이 열리기만을 기다렸다. 문 열자마자 키스를 갈기면 되나? 하고 생각하며 웃던 중 문이 열렸다.

#4. 여자는 조금 당황한다.

그날 밤과는 분위기가 상당히 달랐기 때문이다. 지난밤에는 분명 은은한 조명, 향초, 음악이 있었는데 지금은 한국 가정집 특유의 하얀 형광등이 가장 먼저 눈에 들어왔다. 어색함을 깨는 소음은 TV에서 나오고 있는 10년 전 예능 〈무한도전〉뿐이었다. 여자는 어색하게 소파에 앉는다. 어색해하는 여자 옆에 덩달아 남자도 어색하게 앉는다. 둘은 〈무한도전〉을 보기 시작한다. 그날 밤의 화기애애했던 분위기는 없고 어색과 침묵만이 흐른다. 〈무한도전〉을 보고 보고 또 본다. 네 시간째 접어들자 여자는 에라 모르겠다는 심정으로 될 대로 되라 싶어서 졸린다고 한다. 남자는 어색하게 말한다. "그…… 그래? 그럼 내 방에 들어가서 자." 다음 날 아침, 소파에서 쭈그리고 잠이 든 남자에게 어색하게 인사를 건네고 황급히 집을 나오는 여자. (Fade out)

집으로 돌아온 나에게 얀니는 설거지를 하다 말고 고무장갑을 낀 채로 호들갑을 떨며 다가왔다. 뭐야, 뭐야! 도대체 어제 어떻게 된 거야? 나는 겸연쩍어하며 지난 밤 있었던 일들을 이야기했다. 거의 무한도전 아라비안 나이트였다고. 끝나지 않는 무한도전을 아느냐고.

하, 하, 하. 언니는 어색하게 웃으며 다시 설거지를 하러 갔다. 어떻게 그런 일이 있을 수가 있지? 정말 이상하다는 중얼거림이 물소리와 함께 끊임없이 들렸다. 나는 이번에도 못 들은 척했다.

상대에 대한 진정한 호기심, 내 이야기부터 할 수 있는 솔직함, 배려. 거기다 재미까지. 좋은 대화에 필요한 마음가짐을 이제는 가지게 되었다고 생각했으나 결국 이번에도 실패하고야 말았다. 예상치 못한 상황(무한도전) 때문에 내가 만들어간 시나리오가(키갈) 하나도 안 먹혔다고 생각했는데 사실 대화의 진검승부는 우발적인 상황에서 벌어지는 법이니 누구를 탓할 수도 없다. 사실 〈무한도전〉을 아주 맹렬하게 보고 있는 나를 보며 그 친구도 조금 당황하지 않았을까 싶다.

결국 유연함과 실전 경험 부족이 원인이었으니 좋은 대화를 위한 조건에 매뉴얼까지도 뛰어넘을 수 있는 유연함을 추가해보기로 한다. 얼마나 더 실패해야 제대로 된 데이트를 할 수 있을까 한탄하면서. 거참, 대화 한 번 하기 더럽게 힘들다고 생각하면서. 같이 이야기하고 싶은 사람과 이야기할 수 있다는 건 얼마나 큰 축복이었는지 떠올려보면서. 그럼에도 나는 또 와인을 들고 누군가의 문 앞에 서볼 것이다. 이제는 그럴 용기가 조금 생겼다.

얀니

"아주 큰
사막으로 가자"

'틴더 관상가'라는 별명이 생기고 말았다. 틴더를 통해 누군가를 만나려고 할 때 '이 친구 괜찮을까요?' 하고 물어오는 동생들이 제법 되기 때문이다. 나는 어플을 통한 만남을 선호하지 않지만, 코로나 4년 차를 맞는 청춘들에게 만남의 창구가 귀한 것도 사실이다. 과거, 연애/섹스 칼럼을 쓴 나의 이력 때문인지 나에겐 유독 본인의 사생활을 술술 털어놓는 사람이 많다. 수많은 연애 경험과 규칙 없던 삶이 이럴 때는 문턱 없는 고해소가 되나 보다.

틴더가 나오기 전에도, 소개팅을 앞둔 친구들은 나에게 꼭 사진을 가져왔다. 일명 '얀 보살'. 신기가 있다는 건 아니고 다양한 연애 경험과 대학 시절부터 칵테일 바(bar)에서 일한 경력 덕에 남자에 관해서는 나름 빅데이터를 갖추고 있기 때문이다. 경험에 근거해 이 친구는 이런 성향일 것 같다고 하면 며칠 뒤 꼭 '대박대박' 하며 찾아왔다.

어떻게 사진만으로 사람을 판단하냐고 할 수도 있겠지만, 사진에는 그 사람 외모만이 아니라, 포즈와 옷차림, 그리고 왜 그 사진을 넘겨주었는지, 사진을 통해 보여주고 싶은 것이 무엇인지 등을 알 수 있다.

그럼에도 나는 소개팅이나 어플로는 남자를 만나본 적이 없다. 사람을 만나기 전에 그 사람에 대한 정보를 미리 아는 것을 좋아하지 않기 때문이다. 정보 없이 그 사람과 처음 마주쳤을 때 본능적으로 느껴지는 직감을 믿는다. 어떠한 선입견도 만들지 않고 눈을 마주하고 시작하는 대화야말로 그 사람의 진면목을 발견하기 쉽다.

내가 남자를 만날 때 가장 중요하게 생각하는 것은 ① 상점의 종업원과 주변 사람을 대하는 태도, ② 뒷사람을 위해 문을 잡아주는 배려심, ③ 술과 담배는 주변 분위기를 맞추는 정도로만 하는 사람이다. 놀랍게도 이 세 가지는 학력이나 직업, 사는 곳으로 미리 판단할 수 없다. 그리고 '운전할 때 성내고 욕하지 않는 사람'이라는 마지막 기준을 깨끗이 통과한다면 그 사람의 직업과 연봉은 크게 상관이 없다. 따라서 직업이나 학력이 곧 첫인상이 되어버리는 소개팅은 언제나 내 관심 밖이었고 소개팅이 아니더라도 이성을 만나는 게 어려운 적이 없었다.

어디를 가더라도 내 마음에 드는 사람이 꼭 한 명은 있었다. 그에게 먼저 다가가서 말을 거는 것 역시 힘들지 않았다. 대화의 물꼬를 트는 방법은 의외로 간단하다. 지금 상황에 맞게, 나보다는 상대방에게 초점을 맞춘 가벼운 질문으로 시작하면 된다.

내가 좋아하는 질문은 '좋아하는 아이스크림'이나 '최근에 읽은 책' 같은 것이다. 아이스크림에 관한 이야기는 높은 확률로 그 사람의 유년 시절로 이어질 수 있고 최근에 읽은 책에 관한 질문은 취미에 관한 이야기로 이어진다. 책을 많이 읽지 않더라도 독서의 필요에는 공감한다면 대화는 이어질 수 있다. 대화를 나눌수록 더 깊은 호기심이 생기는 사람이 있다면, '아직 누구에게도 말해본 적 없는 나만의 비밀' 같은 이야기도 좋다. 이런 대화는 짧은 시간 안에 둘만의 작은 피난처를 만들어준다.

무엇보다 든든한 아군을 만나려면 내가 나를 제대로

알아야 한다. 나는 어떤 사람인지, 나를 즐겁게 하는 것은 무엇인지, 내 장점은 무엇이고 취약점은 또 무엇인지. 내가 나를 알면 '지금 여기서 나와 함께 아이스크림을 사러 나갈 사람이 누군인지' 쉽게 알아챌 수 있다. 그때부턴 지나온 과거를 모두 묻어두고 '지금 여기에서부터' 시작하는 우리만의 서사를 탄생시킬 수 있다. 같은 수업을 듣던 교실에서, 길거리 포장마차에서, 여행 중 버스 터미널에서 우연히. 작은 말풍선들로 시작되었던 나의 연인들. 우리는 서로의 이름과 나이, 직업을 몰랐기 때문에 수많은 물음표와 함께 서로의 피난처가 되어줄 수 있었다.

'세탁물은 밝은색과 어두운색으로 따로 모아 돌려야 한다'는 것부터 '좁은 욕실에서는 앉아서 샤워를 하면 사방에 물이 튀지 않는다'는 것을 조심히 알려주던 나의 애인들. 내가 돈이 없고 제대로 된 직업이 없을 때도 한결같이 나를 인정해주고 내 꿈을 응원해주었던 그들과 나는 함께 성장했다. 뛰어난 학벌도 대단한 배경도 없는 우리였지만, 우리는 서로를 그 자체로 존중했다.

대화가 좋았던 사람과는 몸도 잘 맞았다. 내가 현재 연애에 큰 관심이 없는 것은 이미 충분한 시간을 쏟았기 때문이다. 종일 침대에 풍선껌처럼 붙어 이불 속에서 키득거리던 시간. 다음 날을 잊은 채로 서로를 간지럽히던 시간. 집 앞 마트만 가도 신났고 유리잔에 물만 따라 먹어도 배가 불렀다. 수많은 이야기가 낮과 밤으로 흘렀다.

내게 "아주 큰 사막으로 가자"라고 말했던 남자가 있었다. 우리의 대화는 3년 가까이 끝나지 않았다. 여느 때처럼 이불 속에서 장난을 치다가 남자가 갑자기 내 손을 잡고 비장한 표정으로 "아주 큰 사막으로 가자"라고 말했다. 새우튀김과 함께 먹은 맥주에 취한 걸까? 나는 그 말이 너무 달콤해서 충치가 생길 지경이었다. 알싸한 로맨스에 취한 내가 "큰 사막 어디?" 하고 신나 물으니, 남자는 고개를 갸웃하며 말했다. "아이스크림 사 먹으러 가자고……" 잘못 들은 게 웃겨서 우리는 또 한참을 깔깔거렸다.

수많은 따옴표와 함께 지금도 여전히 내 인생의 한 페이지로 존재하는 나의 옛 연인들. 그들 덕에 나는 지금도 이렇게 기억하고 기록한다. 서로가 서로를 키우며 함께 자랐던 나의 옛 애인들. 그들과의 만남은 언제나 아무런 정보 없이, 서로의 눈을 마주 보고 작은 질문을 주고받았던 몇 초의 사건들로부터 시작되었다.

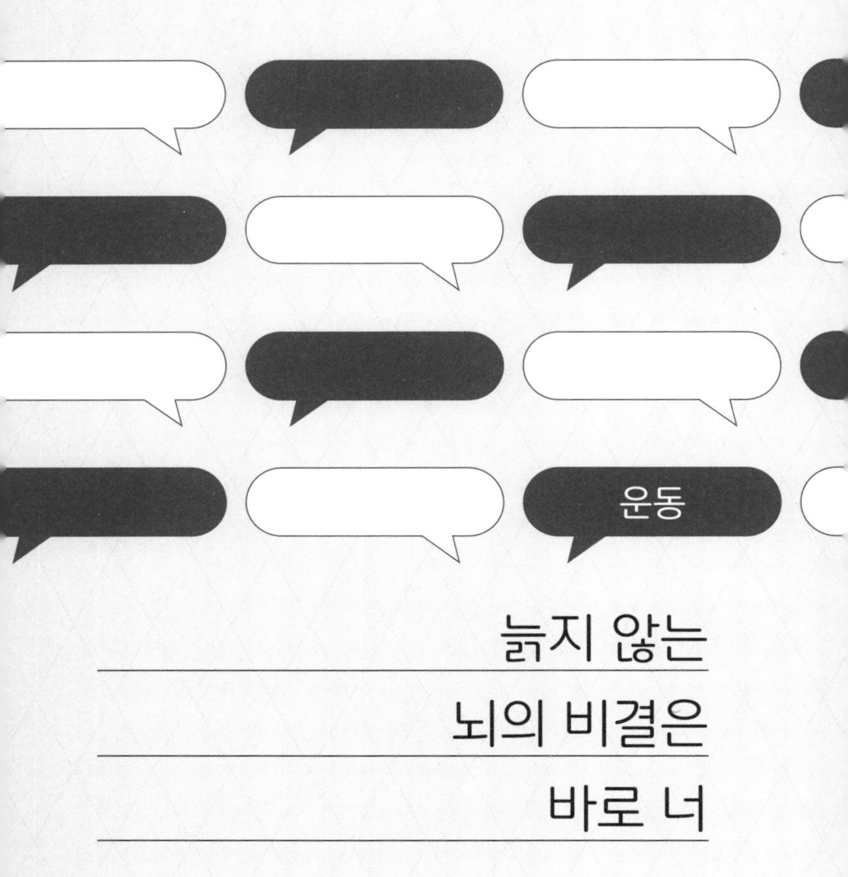

늙지 않는 뇌의 비결은 바로 너

백배

'그러다'가 '어쩌다'가

요즘 나는 체중 감량 중이다. 10년 가까이 되는 연인 관계를 정말로 정리하게 되어 실연과 상실을 극복하기 위해, 그간의 잘못된 식습관과 스트레스로 자포자기한 몸을 이제라도 다독이기 위해, 마음에 들지 않는 부분은 바꿔 앞으로의 내 삶을 잘 꾸리기 위해서 말이다.

혼자 하면 늘 실패하고야 마는 날 위해 얀니가 발을 벗고 나섰다. 실연당했던 날, 최대한 안 들리게끔 노력하며 울었는데 언니는 훌쩍거림을 들었던 것일까. 언니가 절대로 보내지 말라고 했는데 장문의 카톡을 결국 보내버리고 자괴감에 빠져 있는 내가 안타까웠던 것일까. 언니는 족욕기에 펄펄 끓는 물을 부어주며 우선은 잘 자고, 잘 먹고, 잘 싸는 게 우선이라고 다독여주었다. 그렇게 우리의 '돈독한 다이어트 트레이닝'은 막을 올렸다.

퇴근 후면 밤마다 얀니와 함께 집 앞 공원을 걷는다. 하루에 만 보 걷기가 목표이기 때문에 우리는 매일의 밤과, 주말의 낮을 공원에서 보낸다. 그 시간 동안 우리는 늘 그렇듯 쉴 새 없이 이야기한다.

듣고 또 들어도 흥미로운 얀니의 이야기를 나는 듣고, 묻고, 또 들었다. 그녀의 사랑과 여행과 글쓰기의 여정을 내 나름대로 정리도 해보았다. 순서대로 사건을 나열하고, 유사성과 차이점을 파악하고, 인과 관계를 논리적으로 정리해야만 후련한 일종의 강박을 가지고 있기 때문이다. 나에게는 이해가 안 가면 집요하게 집착하는 면이 있다. 나는 얀니의 일대기를 이렇게 정리했다.

- 음. 스물일곱엔 정말 다정한 남자를 만났음. 서울로 상경하며 그와 헤어짐. 그는 정말 다정한 사람이었기 때문에 지금도 종종 생각이 나곤 함.
- 서른 즈음에 평생 잊지 못할 인연을 만나 불같은 사

랑을 하며 글을 썼음. 그러다 그 남자를 떠나 훌쩍 호주로 떠났음.

- 호주에서 또 좋은 사람을 만났음. 그러다 다시 글을 쓰기 위해 한국에 들어옴.
- 정말로 정말로 최선을 다했지만 그때 쓴 책이 잘 되지는 않았음. 다시 일을 해야 해서 고향인 울산에서 치과 아르바이트를 시작함.
- 어쩌다 드라마를 써보지 않겠느냐는 제안을 받고 다시 서울로 상경함. 하지만 그 일도 잘 풀리지는 않았고, 그 후 어쩌다 착실히 돈 버는 삶을 살게 됨.
- 덕분에 지금은 2~30대에 썼던 글들과는 조금 다른 글을 쓰며 지내고 있음. 그때와는 80퍼센트 다른 사람이 되었다고 본인 스스로 생각함.

이것도 시간순으로 정리해서 그렇지 걸으면서 들은 언니의 이야기는 이리저리 마구 튀어 다녔다. 10년이라는 세월은 또 그럴 만한 시간이기도 했다. 나는 그럼에도 그 '그러다'와 '어쩌다'를 이해하고 싶어 계속 계속 물었다. 계속 묻다 보면 이해할 수 있을 거라고 생각했다.

"그런데 잠깐만 언니, 그 남자는 어떻게 만나게
된 거야?"
"그런데 그런 남자랑은 왜 헤어졌어?"

"그러다 갑자기 왜 호주에 갔어?"
"그러다 호주로 왜 다시 안 돌아갔어?"

"어쩌다 그때 첫 번째 책을 내게 된 거야?"
"어쩌다 두 번째 책을 내기까지 생각보다 오래
걸리게 된 거야?"

얀니는 최선을 다해 기억을 복기하며 최대한 자세히 말해주었다. 언니는 나에게 설명해주려다 자신도 잊고 있던 기억을 찾기도 했고, 기억을 정정하기도 했다. 본인의 생각을 바꾸기도 했다.

10년이라는 시간이 얼마나 긴 시간인지, 그리고 어떤 사건은 여전히 정리되지 않아 어떻게 사람의 마음을 계속 흔들고 있는지를 바로 옆에서 지켜보았다. 또 그 시간을 통과한 언니가 지금 어떻게 살고 있는지까지 잘 알고 있기에 나는 좀 복잡해졌다. "응응, 그래서 그랬구나. 그래서 그랬나 보다" 고개를 끄덕였지만 그럼에도 '그러다'와 '어쩌다'를 완벽하게 이해할 수 없다는 걸 깨달아버리기도 했다. 어쩔 수 없는 상황이, 생각지도 못했던 우연이, 순간의 강렬한 충동이, 평생의 꿈이, 그리고 지금 돌이켜보니 착각이었던 것들이 '그러다'와 '어쩌다'를 만들었을 것이므로.

그래서 두려움이 생긴 것 같다. 나는 공원 한복판을 걷다 말고 잠시 걸음을 멈췄다. 나에게 남은 앞으로의 시간이 너무나 아득했고, '그러다'와 '어쩌다'가 나를 어디로 데려갈 것인가 무서웠다.

집안 사정으로 해남에서 안양, 김포, 대전, 서울을 경유해 또다시 경기도로 떠돌던 10대, 여기저기를 헤매고 무언가를 찾아다니던 20대 중반까지의 시간, 꿈과 희망과 실패와 좌절로 힘겨웠던 20대 후반까지의 내 시간들이 떠올랐다. 그런데 앞으로도 딱 그만큼을 또 겪어내야 한다니 정말로 겁이 났다. 얀니는 심지어 지금도 그 누구보다 고군분투하고 있기에 그러고도 끝이 아니라는 사실이 아득했다.

와, 내가 이제 서른인데, 그리고 이제까지 충분히 지랄한 거 같은데 앞으로도 이만큼이 또 남아 있다고? 한 명이랑 헤어지는 것도 이렇게 힘든데 누군가를 또 만나고 헤어지게 된다고? 실패하고 아파할 시간이 더 있을 거라고? 지난 20대 내내 충분히 힘들었는데 30대부터가 진짜라고? 내가 중요하다고 생각했던 것들이 아무렇지도 않게 되는 날이 오고, 다른 중요한 것들이 새로 생긴다면 과연 그건 나라고 할 수 있나? 나는 앞으로 어떻게 살아야 하는 걸까? 나는 도대체 어떻게 살게 될까?

얀니의 10년이라는 시간은 한 사람이 여러 번 실패하고도 또 일어날 수 있는 시간, 수많은 남자를 만나고 헤어지고 또 만날 수 있는 시간, 조금은 다른 사람이 될 수 있는 시간이었다. 하지만 지금의 나에게는 '실패' '좌절' '이별'이 더 크게 다가왔다.

멍해 있는 나에게 얀니는 아무리 사랑해도 자신의 행복보다 우선일 수는 없다고 했다. 냉정하지만 맞는 말이었다. 그리고 늘 사람은 자신의 행복을 잘 찾아가게 되어 있다고, 그러니 더더욱 절망하거나 분노할 필요 없다고 했다. 언니는 사람들이 지나다니는 공원 한복판에서 누가 보건 말건 맹렬히 스쾃을 하며 그저 그 시간들을 충분히 즐기면 된다고 했다. 슬프지만 맞는 말일 것이다.

언니는 그 친구도 나도 각자의 행복을 분명히 찾게 될 거라고, 진정한 사랑은 그 사람의 행복을 빌어주는 것이라고도 했다. 나는 나만의 행복을 찾을 수 있을까. 내가 타인의 행복을 진심으로 빌어줄 만큼 성숙한 사랑을 할 수 있을까. 아직 잘 모르겠지만 일단은 고개를 끄덕였다.

'그러다'와 '어쩌다' 사이를 그렇게 걷다 보니 어느새 두 시간이 지나 있었다. 나란히 걸으며 함께 집으로 돌아가는 길. 얀니의 말처럼 더 이상 후회도 하지 말자, 다짐했다가 그래도 그때 더 잘해볼걸, 후회도 했다가 내가 행복하게 해주지 못한 사람들, 나를 행복하게 해주지 못한 사람들을 차례로 떠올렸다. 내내 걸었다.

P.S. 나의 X에게

돌아보면 20대는 꿈을 꾸는 시간들이었던 것 같아.

함께 꿈을 꿀 수 있어서 즐거웠다.

이제는 꿈을 이루는 시간을 만날 수 있기를 바랄게.

얀니

우리는 걷고
생각하고 웃고

걷는 것은 내가 참 좋아하는 일 중 하나다. 집에서나 밖에서나 항상 주변 사람들과 함께해야 하는 일이 많은 나에게 걷는 것은 오롯이 혼자가 될 수 있는 일이기도 하고, 과거와 혹은 미래와 만나는 시간이다.

걷기의 효용은 잘 알려져 있다. 실제로 걸을 때 발바닥이 자극을 받으면 뇌의 편도체 부분은 약화되고 해마 부분이 활성화된다고 한다. 편도체는 공포와 불안 행동과 밀접하게 연관되어 있고 해마는 학습과 기억 특히 새로운 가설을 떠올릴 때 활성화되는 곳으로 흔히 말하는 '창의력'에 중요한 역할을 한다. 많은 철학자가 걷기를 즐겼다는 것은 과학적으로도 이유가 있는 행동인 것이다.

나 역시 글을 쓰기 전에는 일부러라도 걷는다. 바로 집 앞 카페에 안 가고 일부러 20분을 걸어야 도착하는 카페로 가는 이유는 걸으면서 그날 쓸 글에 대해 미리 생각해 보기 위해서다.

그러고 보면 걷기와 글쓰기는 닮았다. 부정적인 감정을 가라앉히고 차분하게 생각할 기회를 준다. 걷다 보면, 쓰다 보면, 스스로를 객관적으로 볼 수 있다. 그렇게 반성하게 되고 스스로 가야 할 방향을 잡게 된다. 타의가 아닌 온전히 스스로의 힘으로 깨닫게 되는 것이다. 몸을 움직이고, 직접 문장을 만들어내면서 얻은 깨달음은 정말로 힘이 세다.

백배와 같이 살면서는 둘이 자주 걸었다. 다이어트를 하려고 매번 노력하는 백배였지만, 이렇다 할 움직임도 없이 매번 좌절하고 괴로워하는 것을 보고 있자니 나까지 괴로워졌다. 이래라저래라 하는 것이 싫지만, 내가 나서지 않으면 평생을 3일에 한 번꼴로 결심하고 실패하고 괴로워할 것 같았다. 어차피 나도 걷는 것은 좋아하니까 일단 하루에 만 보만 같이 걸어보자고. 그렇게 둘이서 밤마다 동네를 헤매고 걸었다.

혼자 걷는 일은 무엇에 몰입하기에 좋고, 누군가와 걷는 것은 듣고 말하기에 좋다. 이야기를 좋아하는 나는 사람들을 만나면 그래도 듣는 사람 쪽인데 이상하게 백배랑 걸으면서는 내 이야기를 많이 했다. 이미 책이나 칼럼으로 내 이야기들을 다 한 터라 새로울 게 없을 텐데 백배는 집요하게 묻고 또 물었다. 덕분에 나도 예전의 기억들을 꼼꼼히 살펴보게 되었다.

내 과거의 대부분은 사랑이었다. 돈에 관심이 생기기 전 나의 꿈은 '내 감정의 극단'에 가보는 것이었다. 연애와 사랑이 그것에 최적화되어 있었기 때문에 나는 사랑에, 아니 정확히는 사랑에 빠진 나의 감정에 파묻혀 살았다. 설렘, 권태, 기쁨과 슬픔, 분노와 연민, 경멸과 존경. 사랑을 하면 그 모든 감정을 쉽게 경험할 수 있었기 때문이다.

백배는 10년 동안 한 남자와 긴 연애를 하고 헤어진 직후라 흥미 있게 들었지만 사실 나에겐 이미 지나가 버린 감정들이라 상세하게 떠올리기는 힘들었다. 이게 나이를 먹는 장점인지는 모르겠으나 40대가 되니 신기하게도 지난 감정들이 잘 떠오르지 않는다. 그만큼 현재가 편안하다는 얘기일까, 아니면 그때와는 관심사가 아주 달라져버려서 그런 걸까? 분명히 호르몬의 영향도 있을 것이다. 확실한 건 연애와 사랑은 이제 더 이상 나의 주력 분야가 아니게 되었다.

백배의 질문에 '그러다'와 '어쩌다'로 기억을 더듬어서 대답을 이어가다 보니 신기하게도 다시 과거의 연인들이 슬그머니 살아났다. 내 기억 속에 그들은 여전히 20대로, 30대 초반으로 남아 있었다. 지금 백배 또래 모습으로 말이다. 공원의 작은 사잇길을 백배와 내 기억 속의 그들과 함께 걷다 보니 그 시절 나와도 만날 수 있었다.

누구도 통제할 수 없었던, 그래서 나조차도 손을 쓸 수 없을 만큼 제멋대로였던 그 시절의 나. 그러고 보면 지금의 백배는 그때의 나보다 많은 면에서 성숙하다. 서른한 살의 나는 일단 돈을 몰랐고(없어도 된다고 생각했다) 직장이 없었고(칵테일 바에서 몇 달간 알바만 했다) 오직 사랑만 했다. 사랑이 일이었다면 나는 잠도 자지 않고 일했다.

덕분에 수많은 사람을 만났고 수없이 헤어졌다. 그런 쪽으로는 참으로 부지런했다. 나의 수많은 사건을 듣던 백배는 덜컥 겁이 난다고 했다. 수많은 만남과 헤어짐. 그로 인한 수많은 감정. 때로는 행복, 이따금 느끼는 성취감, 절망, 거기에는 실패와 좌절도 빠질 수 없을 거라고 겁을 줬다. 심지어 30대의 사랑과 이별은 20대의 것과는 비교할 수 없는 강도로 다가올 수도 있다고 말하자 백배는 정말로 울상이 되었다.

그래도 분명한 한 가지는, 마흔이 되니까 굳이 뭘 하지 않아도, 그저 이렇게 살아 있는 자체만으로도 행복함을 느낄 수 있게 되었다는 것이다. 물론 이것은 개인마다 다르겠지만, 나의 요즘 마음 상태가 그렇다. 지금은 꼭, 연애와 사랑이 아니더라도 충분히 만족스러운 시간을 보낼 수 있다. 물론 이것은 오롯이 30대를 씩씩하게 통과한 자만이 얻을 수 있는 것이다.

나는 다시 과거를 잊어버리고, 내 옆을 지나다니는 사람도 잊은 것처럼 양팔을 크게 휘둘러 앞뒤로 박수를 치고 걸으며 말했다.

"영화 〈벌새〉 있잖아. 거기에 그 한문 선생님."

"그 김새벽 배우?"

"응. 그 한문 선생님도 보면 젊었을 땐 운동권에, 시위도 하고 정말로 사연이 많았을 사람이잖아. 근데 은희한테 이렇게 말하잖아. 살아보니 세상은 참 신기하고 아름답다고."

"어……."

"그러니까 은희가 어째서 그렇냐고 묻잖아. 선생님은 다음에 만나면 얘기해주겠다고 하고."

"어, 근데 그 선생님이 사고로 죽은 거지?"

"응. 그래서 나는 그 영화가 아주 좋더라고. 결국 선생님이랑 다시는 만날 수 없게 됐으니까, 결국 은희는 스스로 깨우쳐야 한다는 거잖아. 나는 그게 결국 인생인 거 같애……."

그렇게 걸으며 시작된 영화 이야기는 배우와 감독, 작가와 시, 시인과 고등 래퍼로까지 이어졌다. 인생엔 역시 유머와 힙합이 빠질 수가 없다며 쉴 새 없이 이야기를 쏟아내던 우리는 내내 걸었고 몇 달 뒤 백배는 결국 10킬로그램 감량에 성공했다.

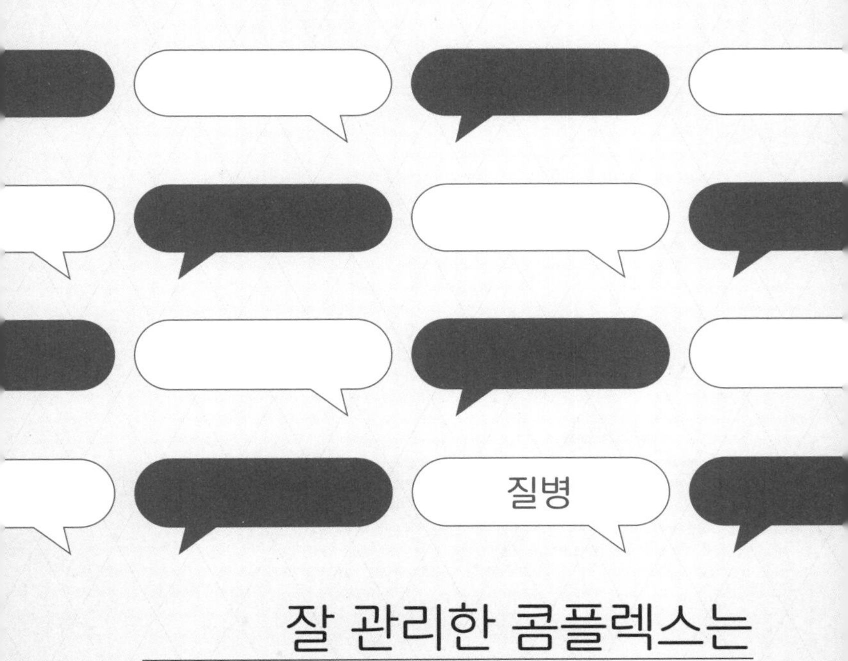

잘 관리한 콤플렉스는 그 사람의 결이라고

백배

이 모든
괴로움을
또다시

약간의 긴장감을 안고 비행기에 오른다. 괜히 긴장하지 말자고, 긴장만 하지 않으면 아무 일도 일어나지 않는다고 스스로를 다독인다. 자리를 찾아 앉는다. 옆에는 다행히 아무도 없다. 이제야 여행을 떠난다는 게 실감이 나 신나기 시작한다. 좋아하는 음악을 들으며 눈을 감는다.

그리고 비행기 이륙 직전, 갑자기 드는 불안한 마음에 감고 있던 눈을 떴다. 설상가상으로 기상 악화로 인해 비행기는 이륙과 동시에 꽤 심하게 흔들리고 있다. 놀이기구를 탔을 때처럼 심장이 뛰기 시작한다.

예감이 안 좋다. 급하게 비상약을 먹는다. 약을 먹었다는 안도감 때문인지, 약의 효과가 빨리 돌아서인지는 모르겠지만 더 이상 엄청 불안하지는 않게 되었다.

나의 '공황 증상'은 앞으로는 연기만 하고 살겠다고 다짐했던 스물아홉에 나를 찾아왔다. 시작은 지하철에서였다. 거의 평생을 '경기도인'으로 살았기에 지하철과 버스는 제2의 집이나 다름없었다. 내가 하루에 대중교통에서 보내는 시간은 기본 세 시간이었고, 여기저기 빨빨거리며 돌아다닐 때는 대여섯 시간까지였다. 그날도 그런 날 중 하루였다.

그런데 갑자기, 도저히, '도저히 더 이상' 지하철을 탈 수 없을 것 같다는 느낌이 들었다. 숨이 안 쉬어지고 가슴이 답답했다. 지금 당장 내리지 않으면 무슨 일이 일어날 것 같았다. 나의 주변에는 이미 공황 증세로 대중교통을 이용하지 못하는 친구들이 많았기에 '드디어 나에게도'라는 심정으로 정신과에 찾아갔다. 공황 진단을 받고 약을 먹기 시작했다. 친한 친구와는 '이제' 그 흔한 공황이 생겼으니 '성공하기만' 하면 된다고 우스갯소리를 주고받았다.

그 뒤로 나는 공황 증상과 함께 일상을 보냈다. 출퇴근길 지하철이나 영화관의 중간 좌석처럼 답답한 곳은 피하게 되었다. 비행기처럼 내가 제어할 수 없는 공간은 무섭기까지 했다. 지하철에서 숨이 잘 쉬어지지 않아 비닐봉투를 이용해 응급조치 호흡을 하거나, 중간에 내려 택시를 타는 일이 생기기 시작했다. 전 직장 퇴사를 결심한 순간도 스트레스로 울음이 터져버린 날이었다. 서른이나 처먹고 나 하나 어찌하지 못해 화장실에 숨어 질질 짜기나 하는 내가 그때는 정말로 한심했다.

꾸준히 약을 먹고 내 삶에서 스트레스 요인들을 하나씩 제거해나가다 보니 확실히 이전보다 많이 좋아졌다. 하지만 여전히 더운 날 마스크를 쓸 때나, 사람이 밀집한 곳에 있다 보면 평균 이상의 답답함을 느낀다. 그럴 때는 공황 증상이 오면 어떡하나 싶어 다시 불안해진다.

담당 의사는 공황보다도 공황에 대한 두려움이 증폭되는 게 더 문제이기 때문에 그럴 때마다 약을 먹는 것도 방법이라 했다. 많이 좋아진 지금도 나는 상비약을 늘 가지고 다닌다.

내 일상을 함께하는 녀석은 또 있는데 그 친구의 이름은 '과민 대장 증후군'이다. 얘는 진짜로 답이 없다. 간절한 마음에 많이 알아보았는데 꼭 맞는 치료법도 적절한 약도 없다고 한다. 장 건강을 위해 꾸준히 유산균을 챙겨 먹고, 알아서 미리 조심하는 수밖에 없다고. 나에게 이 말은 그냥 신께 기도하는 수밖에 없다는 말처럼 들린다.

나는 이 친구 때문에 말 그대로 '인간적으로' 비참했던 순간들을 많이 경험했다. 한 정신과 의사로부터 내가 특정 성격 장애의 특성을 가지고 있다는 소견을 들은 적이 있는데 그래서인지 나는 내 수치스러운 이야기를 아무렇지 않게 얘기하는 편이다. 하지만 그런 나조차도 과민 대장 증후군에 대해서라면 아무것도 말하고 싶지 않을 정도다. 과민 대장 증후군이 있는 사람들은 알 것이다. 인간이 얼마나 나약한 존재인지. 왜 인간이 신을 찾을 수밖에 없는 것인지.

나를 여러 번 곤경에 빠뜨리고 괴롭게 한 이 두 친구와 잘 지내보기 위해 나는 나만의 규칙들을 만들어 나가기 시작했다. 약을 꼭 챙겨 먹는다든가 매운 음식을 줄인다든가 하는. 관련된 책을 읽으면서 공부하거나 타인의 경험을 찾아보고도 있다. 여전히 시행착오 중이다.

한번은 회사 동료들과 술을 마시는 자리에서 나는 또 취해 실수를 하고 말았는데, 자책하면서 바로 병원에 찾아갔다. 예전에는 자책하면서도 술 취했으니 그럴 수 있다고 넘겼다면 지금은 실수를 줄여나가고 싶다. 이제는 그러고 싶은 마음도, 그럴 수 있는 여유도 어느 정도 생겼기에 가능한 일이다. 그렇게 찾아간 병원에서 나는 또 '조울증'이라는 친구를 한 명 더 얻어 달고 나왔다.

병원을 찾아간다고 해서 모든 문제가 해결되는 것은 아니기에 술자리 실수를 줄이기 위한 나름의 방법을 터득 중이다. 학술적인 이론이나 책에 나오는 사례가 아니라 '나만의' 방법이다. 오래 마시는 것보다 차라리 독한 술을 연달아 딱 두 잔만 마시는 게 좋더라 하는 나에게만 통용되는 방법 같은 것. 좀 더 근본적으로는 내가 왜 술을 마시는지, 왜 취한 기분을 좋아하는지까지 생각해보아야 할 것이다.

큼직한 친구들만 소개해서 그렇지 나와 함께하는 질병과 통증과 증상들은 훨씬 많다. 오른쪽 손목의 터널 증후군은 통증이 꽤 심각한 수준이고, 목 어깨 허리 골반 모두 문제가 있다. 나는 충동 조절에도 어려움을 겪고 있고, 내가 사람들과 관계를 맺는 방식에도 문제가 많다. 나는 나만의 방법을 계속해서 업데이트하고 있다. 그것 외에 어떤 방법이 있을까.

그러고 보면 나는 결국 이 친구들과 한번 잘 살아보자고 시간을 다 쓰고 있다고 해도 과언이 아니다. 매일 스트레칭과 운동을 하고, 하루에 오천 보 이상을 걷고, 물 다섯 잔을 마시고, 각종 비타민과 유산균을 챙겨 먹고, 통증의학과와 한의원과 정신과를 다니며 일상을 보낸다. 지금 내가 평균 이상으로 불안한지 감지하려 노력하고, 나의 충동성이 또 내 멱살을 잡고 끌고 가는 중인지 유의한다. 글을 쓰는 것도 어떻게든 얘네들과 잘 살아보기 위함이 크다.

싸우고, 미움받고, 손절당하고, 장문의 카톡을 받으며 깨달은 바를 쓰다 보면 나에게 어떤 문제가 있는지 보였다. 덕분에 30대에 들어서서야 겨우, 내게 어떤 문제가 있음을 정리할 수 있게 되었다.

불행 중 다행은 이제는 내가 이전보다는 나아질 수 있다고 믿는 것이다. 게다가 그렇게 당하고도 여전히 나는 확정적인 불행보다 미지의 불확실성을 더 좋아한다. 나의 충동성, 예민함, 어긋남이 어떤 면에서는 마음에 드는 부분도 있다는 뜻이다. 그러니 그에 따르는 공황 증상을, 우울감과 무기력함을, 과민 대장 증후군과 손목과 허리의 통증을 가지고 30대를 잘 건너가 보는 수밖에. 이제는 그럴 수 있을 것 같다.

얀니

2009년,
스물여덟의 일기

2009년 1월 8일

예전엔 눈물이 필요할 때, 눈물이 나오지 않아서 곤란한 적이 꽤 있었는데, 2009년이 되자마자 갑작스레 눈물이 많아졌다. 정말로 아무런 이유 없이 눈물이 날 것 같고, 심지어 어제는 언니와 침대에 나란히 누워 얘기를 하다가 그냥 울어버리기도 했다.

정말 별다른 이유는 없었다. 유치원 겨울방학을 맞은 언니와 그냥 최근 일상에 관해 이야기하던 중이었다. 유치원 교사인 언니에게 이번 방학 기간에 무엇을 할 계획이냐고 묻고 언니가 대답하고 있었다. 한번 눈물이 흐르기 시작하니 멈출 수가 없어서, 나는 큰 소리로 울었다. 물론 언니는 당황했다. 영문을 알 수 없는 일이었다.

신용카드가 정지된 주제에 연습장에서 공을 치고 있자니 어쩐지 나 자신이 한심해졌다. 골프를 배워두면 언젠가 써먹을 일이 있지 않을까? 하고 한 달 전에 덜컥 수업을 결제해버린 나 자신이 어이없었다. 나 자신이 한심해지다니...... 이것은 아주 놀라운 일이다. 나는 자존감이 강한 사람이다. 그것도 아주 많이.

예전에 치과 코디네이터 교육을 받다가, 어느 학자가 개발한 자존감 테스트에서 나는 그 세미나를 듣는 사람 중에 가장 높은 점수를 기록했다. 나는 나 자신을 사랑했고, 물론 지금도 사랑하고 있지만 최근 들어 조금씩 줄어드는 것도 같다. 어차피 자기애든 뭐든, 사랑이라는 것은 양이 늘기도 하고 줄기도 하다가, 완전히 사라져버리기도 하는 것이니 그럴 수도 있다고 생각했다.

한 달 전(그러니까 작년), 나는 "사랑이라는 것은 너무 많은 감정을 필요로 하는 것이라서 나는 결국 지쳐버리고 만다"라는 문장으로 시작하는 글을 쓰고 있었다. 사실, 그때 만나던 남자에게 싫증을 느끼고 일종의 변명을 쓰고 있었지만, 다행스럽게도 글이 완성되기 전에 헤어지게 되어 안도감을 느꼈다. 이건 좀 슬픈 일이지만 한 해, 한 해가 지날수록 사랑이라는 것은 시간과 감정과 체력의 낭비인 것 같다. 지금 누군가를 죽도록 사랑하는 연인들에게는 좀 미안한 이야기지만 그냥 나의 개인적인 의견은 그렇다는 것이다.

세계적으로 경기가 너무 안 좋다. 그래서 사람들은 움츠린다. 심적으로든 행동으로든. 고로 나도 따라 움츠려본다. 예전 같으면 '남이야 어떻든 뭔 상관이람' 하면서 양팔을 팔랑거리며 당당하게 걸었을 것도 같은데, 이제는 나도 따라 움츠리게 된다. 어쩔 수 없는 상황이 된다면 이제는 누구보다도 낮게 움츠릴 수도 있을 듯하다. 정말 영문을 알 수 없는 일투성이다. 아직 나의 몸과 머리는 J 여고 3학년 2반 야간 자율학습 시간 교실에서 꾸벅꾸벅 졸고 있는데, 어느새 꾸역꾸역 스물여덟이라는 나이를 먹어 버렸다. 여기서 아주 중요한 것은 '나의 의지와는 아무 상관없이'라는 점이다. 그러고 보니 아무런 신호도 주지 않았다고 생각하니 어쩐지 더욱 분하고 화가 난다.

나는 특별하다고, 나만은 특별하다고 생각했는데 그것은 좀 개소리였다. 나는 슈퍼맨도 아니고, 배트맨도 아닌 것이다. 잘 생각해보면 현실에선 배트맨도 슈퍼맨도 찾을 수가 없다. 그들은 오로지 스크린 안에서만 존재하는 영웅일 뿐이다. 그러고 보니 뭔가 속은 듯한 느낌도 든다. 무엇을 믿고 살아야 하나? 이러다간 무신론자인 내가 덥석 종교의 끈을 잡아버릴지도 모르겠다. 아직도 나는 무엇을 하고 어떻게 사는 것이 옳은 것인지를 판단하는 법을 제대로 배우지 못했는데 벌써 20대 후반으로 넘겨졌다. 누구에게도 배운 적이 없고, 아무도 가르쳐주지 않았다. 나는 아무런 준비도 못하고 조금만 기다려달라는 말도 못했는데. 어느덧, 벌써, 스물여덟.

나의 스물여덟은 이렇게 영문을 알 수 없이 내게 왔다.

2022년 8월 2일

드디어 미국 주식장이 살아났다고, 어제 하루 TQQQ로 15퍼센트를 먹었다며 불나방이 싱싱한 복숭아를 집으로 보내줬다. 식초를 한 방울 섞은 물에 껍질을 깨끗이 씻고 한쪽을 잘라 백배에게 주고 나도 한 입 물었다.

점심에는 서점에 들러 보고 싶던 책도 샀고 매일 가는 식당에서 청국장을 먹었다. 그리고 집에 돌아와서 노트북을 열고 이 책의 원고를 다듬는 중이다.

여전히 영문도 모른 채 나이를 먹고 있지만, 이제 더 이상 갑작스럽게 눈물을 흘리는 일은 없다. 여전히 영문을 알 수 없는 일이 찾아오긴 하지만 이제는 더 이상 불안하지 않다. 그저 상황에 맞게 대처하고 흘려보낸다. 이젠 울지 않고도 가능하다.

물론 울고 싶을 땐, 우는 게 좋다. 사람이 계속 울다 보면 놀랍게도 기뻐서 울게 되는 순간과도 만나게 된다. 그

것은 아주 놀라운 경험이기 때문에 누구라도 꼭 한 번 경험해볼 수 있기를 바란다.

좋아하는 일이 오랫동안 돈이 되지 않으면 무척이나 괴롭지만, 그 간절함이 또 다른 세계와 만나게 해주는 경우가 생긴다. 물론 장담할 수 없는 일들이 아직도 수천 개지만, 그럴 때일수록 잘 먹고, 잘 자고, 잘 싸는 일에 중점을 맞춰 생활해보는 것도 좋을 것 같다.

글을 썼다, 지웠다 하는 일을 10년째 하다 보니 매끄러운 문장이란 무언가를 덧붙이는 것보다 무언가를 걷어낼 때 얻을 수 있었다. 쉽고 명료한 문장. 그것이 가장 어렵다. 마치 잘 숙성된 보이차는 물과 같은 맛을 내고 진정한 패션 고수의 옷장에는 블랙 앤드 화이트로 가득하다는 속설처럼.

오늘은 이 원고를 마무리 짓고, 복숭아를 보내준 친구에게 '땡큐' 메시지를 보내는 것이 가장 중요한 일이다. 그런 다음 늦기 전에 침대에 누울 것이다.

인생도 문장처럼 꼭 필요한 단어 외엔 조금씩 덜어낸다면 조금 더 매끄러워지지 않을까? 요즘은 그런 생각을 자주 한다.

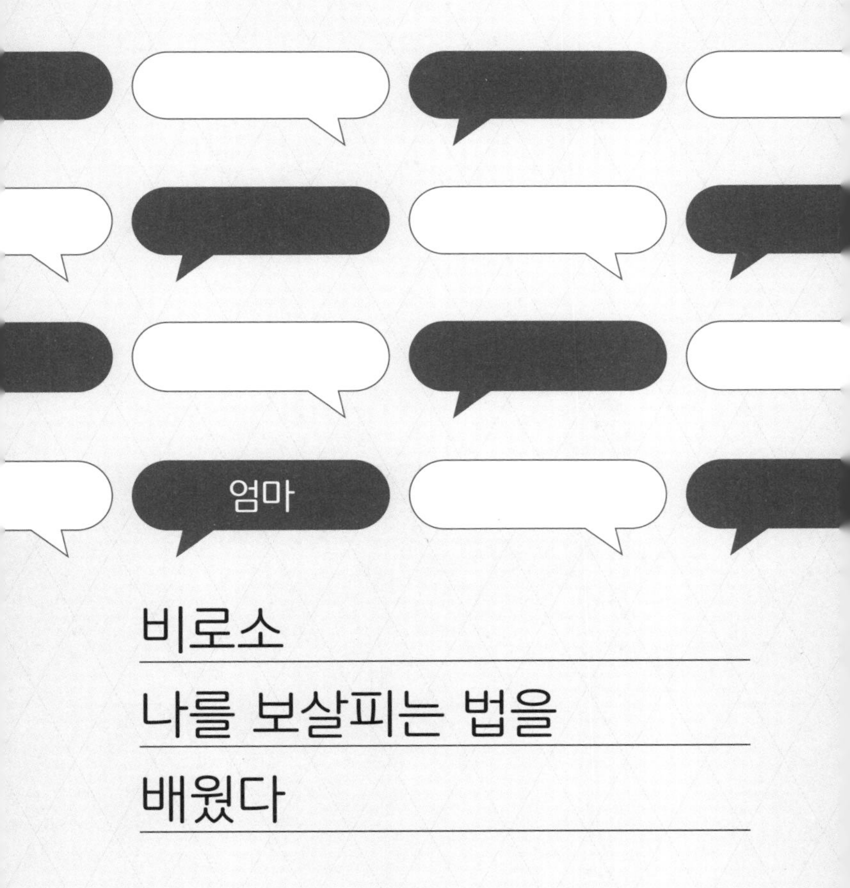

비로소 나를 보살피는 법을 배웠다

백배

서로를 깨문 자국 위에서

"요선아. 이렇게 말하는 게 무척 조심스럽지만 너의 그 아픔이 너만의 재료와 무기가 될 거야. 앞으로 네가 연기할 때마다 그걸 스스로 깨닫게 될 거야. 그렇게 됐으면 정말 좋겠다. 진심으로 바랄게."

신뢰하는 선생님과의 연기 수업 시간, 나는 '엄마에게 진짜로 하고 싶은 말'을 시도해보는 중이었다. 마음을 많이 쓸 수밖에 없는 말을 해보면서 생기는 자연스러운 감정의 변화와 리듬을 스스로 느끼는 게 그 수업의 목적이었다. 몇 번이나 입을 떼보려 노력했지만 아무 말도 할 수 없었다. 연기 수업의 재료로 어떤 이야기를 가지고 와도 그 끝은 결국 엄마였는데, 정작 엄마에게 할 수 있는 말이 없었다. 하고 싶은 말이 없다고, 그리고 못하겠다고 했다.

도대체 무슨 말을 할 수 있을까. 사랑한다고? 사랑해달라고? 있는 그대로의 나를 이해해달라고? 유치하고 상투적인 말들. 구질구질하고 지겨운 말들. 절대 입 밖으로 내뱉고 싶지 않았다. 게다가 엄마와 나는 함께 대화하는 법을 잊은 지도 오래되었다. 우리의 대화는 언제나 서로를 향한 비난과 비아냥으로 끝나곤 했으니까.

화해의 여지로 편지를 쓰고 내밀한 이야기를 나누어도 나중에는 그게 더 큰 비난과 비아냥이 되어 돌아온다는 걸 알게 되었을 때는 화해의 제스처도 취하지 않았다. 아주 사소한 일이 발단이 되어 벌어지는 우리 싸움의 역사는 내가 사춘기가 시작되었을 무렵부터이니 벌써 14년째였고, 엄마 옷에 침을 뱉는 식으로 몰래 복수하곤 했던 유년 시절까지 더하면 도합 19년째일 만큼 유구했다.

우리는 둘 다 절대 가만히 있는 성격이 아니었기 때문에 같이 꽃병을 깨고, 피아노를 부수고, 차까지 부수려 했다. 엄마가 내 동방신기 브로마이드를 찢어버리고 휴대전화를 박살 내면 나는 이영자 그릇으로 유명한 엄마의 비싼 그릇을 깨뜨리고 아끼는 꽃을 짓이겨버리는 식이었다. 오빠는 이런 우리를 보면서 둘 다 똑같다고 했다.

그렇다고 우리가 그 긴 세월을 내내 싸우기만 하며 보낸 것은 아니다. 엄마와 내가 보낸 시간은 다양한 무늬를 가지고 있다. 엄마는 땅끝 마을인 시골 해남에 살면서도 주말이면 우리를 광주에 있는 신세계백화점에 데리고 다녔다. 덕분에 '아놀드파마' 원피스를 입고, 〈쥬라기 공원〉을 영화관에서 봤다고 친구들에게 뽐낼 수 있었다. 내 눈에 도저히 예뻐 보이지 않는 갈색빛의 개량 한복을 입고, 발레부터 오페라까지 지루함을 견뎌가며 봐야 하기도 했지만 말이다.

다른 엄마들이 동화 《신데렐라》를 딸에게 읽힐 때, 엄마는 무려 페미니즘 동화책 《종이 봉지 공주》를 나에게 선물해주었다. 내가 '백요선'이라는 아주 특이한 이름을 가지게 된 데에도 엄마의 역할이 컸다. 할아버지는 딸 이름이니 알아서들 지으라 했다는데 엄마가 딸 이름도 지어주셔야 한다고, 남자들만 쓰는 '돌림자'도 꼭 넣어달라고 해서 나의 이름이 탄생하게 되었다. 이름 때문에 놀림을 받을 때면 다른 애들처럼 무난하고 예쁜 이름을 갖지 못했다는 생각에 엄마를 원망하곤 했다. 맹랑한 며느리가 괘씸해 할아버지가 일부러 내 이름을 이상하게 지은 것만 같았다. 하지만 이런 엄마 덕분에 일찍부터 집에 가만히 있기보다는 다양한 모험을 떠날 수 있었다.

그러면서도 엄마는 나를 사회적 편견 속에 머물게 했다. 엄마는 내가 더 여성스럽고 사랑스럽고 예쁘고 날씬해야 한다고 했다. 정상 체중에 미달한 때였는데도 나에게 살이 쪘다며 '스모 선수' 같다고 한 적도 있다. 엄마가 알게 해준 세계와 엄마가 머물게 한 세계의 간극 사이에서 나는 혼란스러웠다. 예뻐지고 싶다는 욕망과 이런 유치한 욕망을 가지고 있다는 자의식 때문에 20대 중후반까지 나는 내내 분열했다.

엄마 모르게 방에서 혼자 먹느라고 급하게 많이 먹는 습관도 생겼다. 절식과 폭식을 반복했다. 나이를 먹을수록 엄마가 주입하는 사회적 편견은 점점 더 촘촘해져갔다. 더 좋은 대학에 가지 못했다고, 남들처럼 제때 직장 다니면서 살지 않는다고, 결혼해서 단란한 4인 가족을 꾸릴 생각을 하지 않는다고 비난을 들었다.

엄마는 같이 죽자고 했다가 미안하다며 시의 한 구절을 보냈다가 정신 차리고 결혼이나 하라고 했다가 너의 꿈을 찾으라고 했다. 이 혼란 앞에서, 나는 아무 말도 할 수 없었다. 나는 점점 더 시니컬해졌다. 냉소적인 태도는 어쩌면 나 스스로를 보호하는 방식이었을지 모른다. 엄마는 이런 나를 두고 아주 냉정하다고 자기밖에 모른다고 또 비난했다.

엄마는 늘 나의 아킬레스건이었다. 겉으로 봤을 땐 멀쩡해 보여도 분열적인 자아와 우울감, 폭력적인 성향과 냉소적인 태도는 나를 점점 더 이상하게 만들었다. 이상함을 들키지 않기 위해 부단히 노력했고, 남 앞에서 예상치 못한 타이밍에 울지 않기 위해 혼신의 힘을 다했다. 엄마와 싸우다 시험에 늦어도, 회사에서 저주 문자를 받아도 나는 아무렇지 않게 시험을 치르고, 일을 했다.

그런데 20대 중반에 만나게 된 연기와 글쓰기의 세계에서만큼은 나를 숨기지 않아도 되었다. 약점이라 생각했던 분열적인 자아와 예민함이 장점으로 받아들여지기까지 했다. 연기를 통해, 그리고 글쓰기를 통해 해소하고 허

우적대다 20대를 다 보내버리고 말았다. 그럼에도 나는 끝내 '엄마'에 대해서는 쓰지 못했다. 엄마와의 관계에서 기인했을 나의 이상한 구석들이 나를 예술하고 싶은 인간이 되게 만들어주었을 것인데. 내가 신뢰하는 선생님들 모두 네 안에서 엄마를 해결해야 그다음으로 갈 수 있다고 했지만 이를 해결하지 못하고 30대를 맞이했다.

30대가 되면서 달라진 점도 많다. 우선 처음으로 엄마와 떨어져 살게 되었다. 엄마와 대판 싸우고 집을 나오게 된 날, 잠시 얀니 집으로 피신을 할 참이었는데 그게 계기가 되어 언니와 아예 함께 살게 되었기 때문이다. 내가 나를 책임지게 되면서 정서적으로, 경제적으로, 물리적으로 자연스레 엄마와 떨어지게 되었다. 사사건건 부딪칠 일이 사라지니 우리 관계는 일단 이전보다는 나아졌다.

이러지도 저러지도 못하고 엄마 이야기만 하면 우는 애였던 나는 여전히 울먹이지만 그래도 엄마에 대해 이야기할 수 있는 사람이 되었다. 치부라고 생각했던 엄마 이야기를 친구들과 나눌 수 있게 되었고, 내가 먼저 이야기를 꺼내놓으니 그들도 자신의 엄마 이야기를 들려주었다. 덕분에 세상의 다양한 '엄마들'에 대해 알아갈 수 있었다. 엄마들이 '모성애의 화신'으로만 환원되기에는 각자 너무 다른 욕망과 좌절의 경험을 가지고 있단 걸 알게 되면서 나는 점점 '엄마학 박사'가 되어갔다.

이 과정을 통해 점점 더 엄마가 나에게 끼친 영향에 대해 객관적으로 생각할 수 있게 되었다. 엄마가 의도한 것은 아니었을 테지만 엄마는 내가 자아를 형성해가는 과정, 내가 사람들과 관계를 맺는 방식, 내가 욕망을 만들어가는 여정에 지대한 영향을 끼쳤다. 책을 사랑하고 지적 열망이 강한 엄마 덕분에 《참을 수 없는 존재의 가벼움》이나 허수경 시인의 시집을 고등학생 때부터 읽을 수 있었고, 인문학 공동체에 다니며 니체와 푸코를 공부할 수 있었다.

'김얀 작가'를 나에게 소개해준 이도 창간 때부터 한겨레 신문을 구독한 엄마였다. 나는 엄마로 인하여, 엄마 덕분에, 그리고 엄마 때문에 지금의 내가 되었다. 선생님의 조언이 무슨 의미였는지 이제는 어렴풋하게나마 알 것도 같다. 나는 엄마 덕분에 예술을 할 수 있는 재료를 가지게 되었고, 그건 아무도 알 수 없는 온전한 나만의 영역이다.

이제까지 나의 서른한 살을 설명했으니 엄마의 서른한 살에 대해서도 이야기할 차례다. 엄마는 딱 지금 내 나이에 '애 둘 딸린 과부'가 되었다. 예쁜 외모에 새침한 성격이었던, 가난한 시골 농부 사이에서 태어났지만 당시에 대학을 나오고 학생 운동까지 했던 젊은 여자가 다섯 살짜리 여자애와 일곱 살짜리 남자애를 혼자 먹여 살려야 하는 처지가 된 것이다.

시골에서, 젊고 예쁜 여자가, 동화책을 사랑하는 사람이, 애 둘을 홀로 키우는 가모장으로 살아가는 삶이 결단코 호락호락하지는 않았을 것이다. 아빠가 미국에 간 줄로만 알았던 어린 나도 엄마와 나를 둘러싼 사람들의 수군거림과 할머니의 한숨에서 무언가를 읽을 수 있을 정도였으니 말이다.

엄마는 언제부터인가 하루도 빠지지 않고 새벽 다섯 시면 일어나 목욕탕으로 향했다. 꼭 껴안고 함께 자던 엄마가 내 옆에 없다는 사실에 울면서 일어난 기억이 난다. 우는 나를 위해 엄마는 내 머리맡에는 계란빵을, 내 볼에다가는 선명한 잇자국을 남겨두고 떠났다. 자고 있는 내가 귀여워 마구 뽀뽀를 하다 그만 아주 꽉 깨물어버리는 바람에 생긴 자국이었다.

엄마가 내게 남겨놓은 잇자국. 그건 어쩌면 엄마의 사랑의 방식이지 않았을까. 너무 사랑해서 그만 깨물어버리고 마는 것. 엄마가 내게 남긴 것들을 생각해보면 그렇다. 언젠가 왜 그때 그렇게 목욕탕에 다녔느냐고 엄마에게 물었다. 아무도 없는 유일한 공간이 목욕탕뿐이었다고 엄마는 답했다.

남편의 갑작스러운 죽음으로 삶의 조건이 송두리째 변했을 테니 엄마 역시 시행착오를 숱하게 반복했을 것이다. 타고난 감수성과, 살아가기 위해 후천적으로 생겨난 억척스러운 생활력 사이에서 엄마도 분열했을 것이다. 내 한 몸 건사하기에도 힘든 지금의 내 서른한 살과 비교해보면 확실히 엄마 삶의 난이도는 상당하다. 덕분에 엄마와 나는 아주 오래도록 함께 분열하고 고통받고 힘들었던 것 같다.

이 고통이 그저 빨리 지나가기만을 바라며 엎드려 있던 10대, 상처받았다고 이야기하는 것 자체가 우스워 한껏 냉소적이었던 20대를 지나 이제 나는 엄마와 나를 각각 하나의 개인으로 바라볼 수 있는 30대가 되었다. 엄마도 자신이 낳았지만 더럽게 말도 안 듣고 도무지 알 수 없는 나 때문에 고통받고 힘들었을 것이다.

엄마는 내가 쓰는 사람이 되기를 누구보다 소망했다. 신문에 실린 내 글을 프린트해서 사람들에게 보여주고 다니기도 했다. 얀니와 책을 쓰게 되었다고 했을 때 가장 기뻐한 사람도 엄마였다. 그러고 보면 인생은 참 알 수 없고, 이상하다. 나는 점점 더 엄마가 생각하는 이상적인 삶과 멀어지고 있는데, 엄마가 싫어하는 일만 하고 있는데, 덕분에 엄마가 가장 원하는 일을 하고 있으니 말이다.

이 글을 완성한 뒤 출판 허락을 구하기 위해 엄마에게 보여주었다. 뭘 이렇게까지 썼냐고 하면 어떡하나 했던 내 걱정과 달리 엄마는 나의 시도를 응원해주었다. 네가 쓰고 싶은 이야기라면 마음껏 쓰라고. 그리고 앞으로 계속 나아가라고.

잊고 있었다. 내 글의 첫 번째 독자는 늘 엄마라는 사실을. 내가 요즘 브런치에 쓰고 있는 심리 상담 일지도 엄마는 가장 먼저 읽고 하트를 눌러준다. 나는 쓰고 엄마는 읽는다. 가까이에서는 서로 너무 부대껴서 하지 못했던 내밀한 말을 우리는 요즘 멀찍이서 글을 통해 나누고 있는 셈이다. 글을 쓰면서 나는 이런 나로 살아가기로 결심한 것처럼 엄마 역시 자신의 남은 인생을 어떤 사람으로 살아갈 것인지 결정하는 과정을 보내고 있으리라 생각한다.

우리는 이렇게 하나의 개인이 되어가고 있다. 모녀 사이라는 엄청나게 끈적끈적한, 애증으로 똘똘 뭉친 관계에서 벗어나는 중이다. 단란하고 화합하는 모녀가 되기 위해서가 아니라 스스로 충족하고 행복한 하나의 개인이 되기 위해서. 그리고 각자 그런 인간이 된 그때에서야 비로소 우리 둘의 이야기가 새로 쓰일 것이다. 그때의 나는 또 다른 사람이 되어 있을 것이고, 엄마도 그럴 것이니 우리의 이야기는 완전히 달라질 것이다.

엄마는 지금도 몰래 나를 사랑해서

식탁 위에 올라온 밥그릇 사이에서 나는 금방 내 것을 찾을 수 있다. 완두콩이며 햇밤이 가장 많이 올라간 밥이 바로 내 것이다. 엄마는 간식으로 토마토를 내줄 때도 각별하다. 잘 익은 토마토를 골라 끓는 물에 살짝 데친 뒤 껍질을 까서 한 입에 먹기 좋게 잘라주신다.

우리 집은 대체로 가난했지만, 냉장고에 과일이 차 있지 않은 날이 없었다. 학교에서 돌아오면 과일부터 찾던 나를 위해 엄마는 시장에서 가장 싸게 살 수 있는 토마토(정확히 말하면 토마토는 채소지만)부터 계절 과일을 채워놓고 출근했다.

엄마는 술집 주방에서 밤새 설거지를 하고도 아침이면 두 종류의 국을 담은 보온 도시락을 현관 앞에 두고 잠에 들었다. 아직도 엄마에게 직접 '사랑한다'는 말은 들어본 적 없지만, 엄마가 나를 사랑하지 않을 거라고 생각해본 적은 없다. 내가 무슨 짓을 하더라도 엄마는 나를 사랑할 수밖에 없을 거라는 자신감이 있었다.

엄마를 처음 본 내 친구들은 하나같이 나와 엄마를 번갈아 보며 "어떻게 이런 일이?"라고 말한다. "어떻게 저런 사람한테서 너 같은 애가 나올 수 있지?" 하고 꽤나 진지하게 농담한다. 울산 본가에 처음 와본 백배도 거실에 빼곡히 걸려 있는 엄마의 서예 작품을 보면서 도무지 납득이 되지 않는다는 표정이었다. 엄마는 늦게까지 클럽에서 놀다 온 우리에게 속풀이용 밥상을 차려주고 어젯밤 에피소드를 재잘대는 우리를 귀여워하며 말했다.

"너희는 무슨 여중생들처럼 눈만 마주치면 까르르 하네?"

엄마 앞에서도 필터 없이 못 하는 소리가 없는 나를 보고 백배는 목소리 좀 낮추라며 눈치를 줬다.

"언니가 이러니까 어머니는 반야심경을 필사하지 않고는 못 견디셨던 거야."

우리는 다시 여중생처럼 까르르 웃었다.

내가 생각해도 어떻게 내가 저 사람과 한 몸이었을까 싶을 정도로 엄마와 나는 달랐다. 내성적이고 조용한 엄마는 어릴 때부터 원하는 것이 있으면 바닥에 앉아 울고 보는 나를 보고 어쩔 줄 몰라 했다. 10대가 되면서부터는 아예 손을 쓸 수가 없었다. 엄마 역시 '어떻게 내 몸에서 저런 아이가 나왔을까?' 하며 매 순간이 '요중선(搖中禪)'을 수행하는 시간이었을 것이다.

철없던 시절 나의 사소한 악행들을 발견하면 그저 종이와 펜 앞에서 "엄마는 항상 너를 믿는다"라는 말로 나를 기다렸다. 〈Love is losing game〉이라는 에이미 와인하우스의 노래 가사처럼 더 사랑하는 쪽이 언제나 질 수밖에 없다는 것을 나는 집 안에서부터 배웠다.

엄마는 한 번도 나를 이기려 하지 않았다. 매번 한 걸음 뒤로 물러나 기도하는 마음으로 내가 스스로 진정을 찾기를 기다렸다. 엄마가 나를 사랑해서 어쩔 줄 모르는 모습을 보는 게 좋으면서도 가슴이 아팠다.

나는 항상 이기길 원하고 내가 준 만큼 돌려받아야 하는 사람이다. 이것이 '엄마'가 되겠다는 결심을 망설이게 하는 가장 큰 이유다. 사랑하는 존재가 인생이라는 숙제를 안고 먼 길을 떠나는 모습을 지켜볼 자신이 없다. 이렇게 위험한 세상에 혼자 부딪치고 결국 스스로 단단한 사람이 되기까지 기다려줄 인내심이 아직은 내게 없다. '자식을 키우는 것은 만년 짝사랑'이라는 말처럼 아름다운 것에는 항상 조금 슬픈 구석이 존재한다는 것을 나는 엄마가 보여준 사랑을 통해 알았다.

언젠가 우연히 마을버스 정류장에 서 있는 엄마를 본 적이 있다. 버스가 오고 있어 저만치 서서 엄마를 지켜보았다. 버스가 도착하자 먼저 타려는 사람들로 버스 입구는 분잡했다. 엄마는 혼자 한 발 떨어져 다른 사람이 모두 차에 올라타길 기다리고 있었다. 그리고 가장 마지막으로 버스에 올랐다.

빈자리가 보이면 번개처럼 달려가 자리를 차지하는 나와는 상반되는 모습에 웃음이 났다. 검은색 에코백을 든 것으로 보아 엄마는 서예 교실에 가는 길이었을 것이다. 한 달에 오천 원으로 시작해 10년째 다니고 있는 면사무소 서예 교실.

면사무소에 들렀다가 엄마가 다니는 서예 교실을 찾아본 적이 있다. 주민센터의 작은 교실 문 앞에는 수업 장면을 담은 사진들이 걸려 있었다. 맨 첫째 줄에 혼자 앉아 처음 초등학교에 입학한 신입생처럼 선생님 말에 귀 기울이고 있는 엄마가 거기 있었다. 하얀 화선지에 검은 붓을 세우고 작은 비파 열매를 그리는 일에 골똘히 집중하고 있는 엄마. 나에게 몇 안 되는 장점이 있다면 그것은 모두 엄마에게서 왔을 것이다.

오랜만에 찾은 울산 본가. 어린 두 조카의 식판에 나란히 밥과 국을 담고 있는 엄마. 언니의 아이들이 태어나면서 엄마는 드디어 뒤바뀐 낮과 밤을 찾아올 수 있었다. 두 조카를 살뜰히 보살피는 모습을 보면 나도 저렇게 컸겠지 하고 안심이 되면서도 가끔 시샘이 날 때가 있다.

돋보기를 낀 채로 조심히 가시를 골라내며 조카들의

밥상을 지키는 엄마를 보며 "엄마, 할머니와 손주는 전생에 사랑하는 사이였다던데, 진짜 그런가 봐. 엄마는 지우, 준성이가 그렇게 예뻐?" 하니 엄마는 막내 조카의 숟가락 위에 통통한 생선 살을 얹어주며 조용히 "그래도 내 새끼가 더 예쁘지" 했다. 엄마의 말이 기쁘면서도 슬펐다.

일이 많다고 1년에 몇 번 내려오지도 않는 딸. 내려와도 늘 노트북을 붙잡고 있거나 사람을 만나러 밖으로 돌다가 늦은 밤에야 들어오는 딸. 글을 쓰는 게 일이면서도 카톡 한 번 하지 않는 딸. 그럼에도 생일날엔 딸이 어디에 있든 팥을 불려 밥을 짓고 조기를 굽는 엄마. 미역국과 함께 깨끗한 정수를 떠 놓고 딸이 있는 쪽을 생각하며 두 손을 비벼 기도를 한다. 어쩌면 나는 지금도 엄마의 영양분을 뺏어 살아가고 있는 게 아닐까.

가끔 엄마와 내가 한 몸이었다는 걸 생각하면 너무 로맨틱하다. 탯줄로 산소를 공급하며 같이 호흡하고 누구보다 강력하게 연결되어 있었던 엄마와 나. 세상의 어떤 엄마라도 아이를 배에 넣고 영양분을 양보하며 열 달의 시간을 버텨낸 것만으로도 대단한 존재라고 생각한다.

올해 내 생일, 나는 역시나 연락도 하지 않고 부천에 있었다. 이번에는 정말로 일이 많았다. 엄마는 행여나 바쁜 딸에게 방해가 될까 사진 하나만 가족 카톡 방에 올려두었다. 나는 그 메시지를 점심이 되어서야 확인했다. 성큼 썬 고기가 듬뿍 들어간 미역국, 삼색나물, 내가 좋아하는 복숭아와 얼린 홍시. 그리고 그 옆에 투명한 정수가 담긴 그릇. 엄마의 기도로 나는 이렇게 또 한 살을 먹는다.

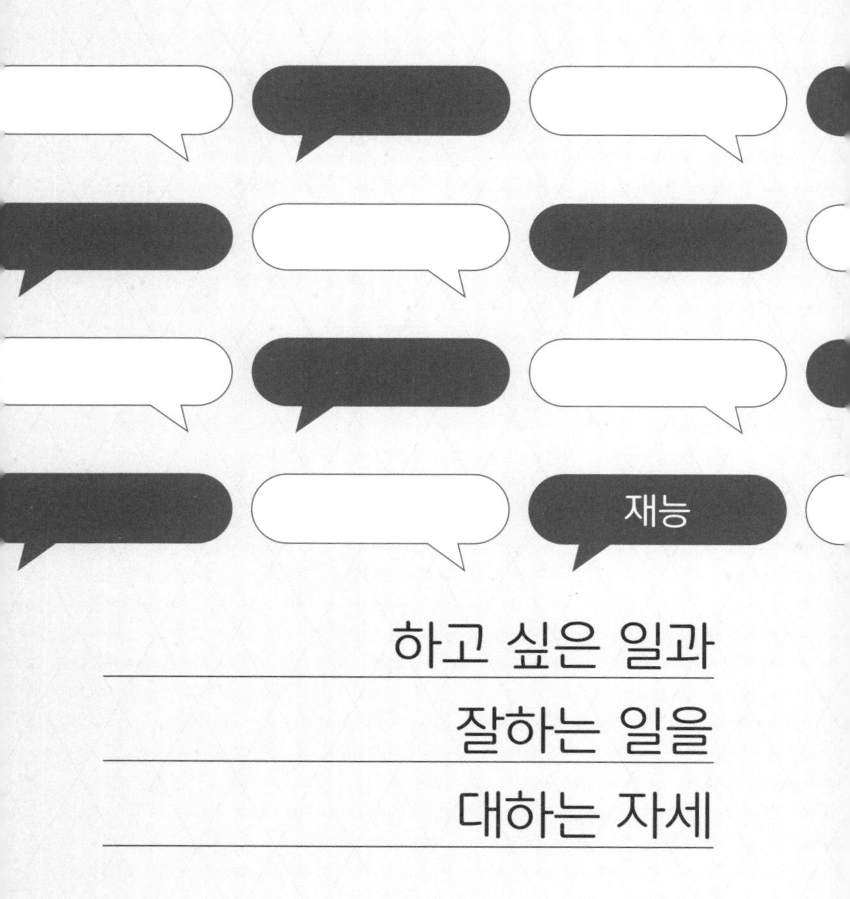

하고 싶은 일과 잘하는 일을 대하는 자세

백배

내가
원하는 곳으로,
점프

"네가 싫어하는 건 뭐야? 사회적, 윤리적, 도덕적 잣대 우선 다 버리고, 그냥 생각나는 대로 한번 다 말해봐"로 시작한 질문은 "그럼 어떤 사람이 싫은데?"로 이어졌다. 한참을 망설이다 어렵게 말을 꺼냈다.

"그러니까…… 굳이 말하자면…… 조금 조심스럽긴 한데…… 왜냐면 그 사람이 그럴 의도가 아니었을 수 있잖아요. 저는…… 그러니까 자기가 주인공이라고 생각하는 사람이…… 좀 별로인 것 같아요. 그렇다고 해서……."

"악! 요선아. 제발 그렇게 좀 말하지 마!"

선생님은 답답해 죽겠다는 듯 온몸으로 몸부림치셨다. "그럼 어떻게 말해요?"라고 묻자 선생님은 돌려 말하지 말고 우리끼리만큼은 더 날것으로 이야기해보자고 하셨다. 나는 용기 내어 말했다. "자기가 주인공인 줄 아는 나르시시스트만 보면 돌아버릴 것 같다"고.

사랑했던 연기 수업 시간, 선생님은 오랫동안 내가 흠모한 배우였다. 모든 게 시시했고 무언가를 계속 기다리던 스물한 살, 그 사람을 한 번도 사랑한 적 없다고 이죽이는 선생님의 연기를 보고 사랑에 빠져버린 것이다. 관객석에 앉아 있는 나에게는 지금도 그 사람을 사랑하고 있다고 절절하게 외치는 것처럼 보였다.

저게 도대체 뭐지? 나는 자세를 고쳐 잡았다. 저런 게 연기라면 나도 하고 싶었다. 온갖 곳을 다 돌아다니고 전공을 다섯 번이나 바꾸고 나서야 '내가 하고 싶은 건 연기'라고 말할 수 있게 되었을 때 선생님을 찾아갔다. 몇 번을 망설였으나 용기 내어 찾아간 덕에 사랑했던 배우님은 그렇게 나의 연기 선생님이 되었다.

연기 수업이니 '연기'를 배울 거라고 생각했다. 텍스트 분석법, 캐릭터 연기법 같은 것들을 배워 빨리 연기를 잘

하고 싶었다. 대망의 첫 수업 시간. '제대로' 연기를 배우리란 나의 예상은 빗나갔다. 대신 선생님은 나에게 질문하셨다. 왜 거울을 많이 보는지, 왜 목소리를 낮게 내는지, 왜 키가 큰 데도 움츠리는 느낌이 드는지. 무엇을 무척 좋아하고, 무엇을 열렬하게 싫어하는지. 내성적인 성격이 절대 아니고, 목소리도 크고, 아주 크게 웃는 나임에도 무엇하나 속 시원히 답하지 못했다. 우물쭈물 이리저리 돌려 말했다. 이상했다.

"이렇게 말하면 이런 오해가 발생하지 않을까요?"

조심스럽다고 말했다. 선생님은 그것도 맞지만 내가 사람들에게 관심이 없기 때문은 아닌지 생각해보라고 하셨다. 미묘하게 비웃는 듯한 내 특유의 표정과 몸짓을 모사하면서 내가 상대를 끊임없이 시험하듯 대화한다는 걸 알고 있느냐고 물었다.

"요선아. 너가 사람들을 애써 무시하려는 건
아닌지 생각해봐."

조심스러워서만이 아닐 수도 있었다. 뜨끔했다.

수업의 텍스트는 한동안 희곡이 아니라 나의 일상이었다. 단조로운 일상이 과연 연기의 재료가 될 수 있을까 하던 걱정이 무색할 만큼 나의 일상은 온갖 사건과 감정의 소용돌이로 가득했다. 내가 만나는 사람, 그들과 나눈 대화, 대화하면서 떠오르는 생각과 행동까지 모든 것이 재료였다. 그것들을 샅샅이 해부해나갔다. 그땐 웃고 넘겼지만 속으로는 무슨 생각을 했는지, 길거리에서 동냥하는 사람을 보면 왜 그냥 지나칠 수 없는지, 그 사람에게서 산 껌이 손에 눅눅하게 들러붙어 어떤 느낌을 줬는지.

한번은 결혼 축하 인사를 받는 '어린 새댁'이 눈에 거슬렸다는 이야기를 하고 있었다. 수줍은 듯 웃는 입매도 마음에 안 들고, 화장법이나 옷차림도 촌스러웠다고. 이 정도면 속마음을 다 이야기한 것이라 생각했는데 선생님은 이제 시작할 수 있겠다는 듯 본격적으로 질문을 던지셨다.

"새신랑은 괜찮은데 새신부는 왜 거슬려?"

"너 혹시 결혼하고 싶니?"

“그 친구의 젊음이 너를 자극해?”

“내가 알고 있는 너라면 어린 나이에 결혼하는 친구를 보면 오히려 안됐다고 생각할 수도 있을 것 같은데 너는 걔가 왜 미워?”

그러게. 왜 싫지? 내 안의 어떤 걸 자극하는 거지? 쏟아지는 질문에 횡설수설 답했다. 누구를 향하는지 알 수 없는 빈정거림과 비아냥도 빠지지 않았다.

아직은 같은 20대인지라 어린 나이가 부럽지는 않다고, 나는 단란하고 화목한 4인 가족을 꿈꾸지 않는다고. 그러다 ‘참하고 청순하고, 한마디로 좋은 엄마가 될 재목’들을 보면 짜증 난다고 얘기했던 것 같다. 종국에는 “나는 한 번도 가져보지 못했고, 물론 가져보고 싶은 마음도 없고, 동시에 앞으로도 가져볼 수 없을 것만 같은 그 해맑은 얼굴”이 나를 자극했다는 얘기가 내 입에서 울음과 함께 터져 나왔다.

우는 내게 선생님은 솔직하면 솔직해질수록 더 많은 것들을 이해받고, 선물받고, 용서받을 수 있다고 했다. 내가 더 솔직해지면 좋겠다고, 그런 의미에서 계속해서 시도하고 고민하고 의심하는 나는 정말로 행복해질 거라는 응원도 잊지 않으셨다.

끼가 없어 우물쭈물하고 있으면 "무언가를 진짜로 만나기 위해 기다릴 줄 아는 게 나의 장점"이라고 칭찬해주셨다. 남자친구에게 하고 싶은 말을 독백으로 하는데 극적이지도 않고 기승전결도 없다고 걱정하면 "연기 잘하네. 미안해하면서 우쭐거리고, 자신만만해하면서도 눈치 보고. 그게 연기야. 그렇게 하면 돼. 네가 하고 싶은 것도 그런 거 아니야?" 격려해주셨다.

선생님의 수업을 통해 사람은 무언가를 자꾸 숨기려 한다는 걸, 그렇지만 어떤 건 절대로 숨길 수 없다는 걸, 나의 일상에 주석을 달아가며 배웠다. 눈물 연기를 위해 아주 열심히 눈물만 흘리는 내게 선생님은 실제 우리는 절대로 그렇게 울지 않는 법이라고 알려주셨다. 어떻게든 울지 않으려 하다 기어이 울고 만다. 울면서도 배고픔을 느끼고, 발에 쥐가 나기도 한다. 그러면 자세를 고쳐 잡고 다시 우는 식이다. 선생님은 그런 게 연기이지 않을까 싶다고 했다.

사람은 1초 전과 1초 후가 다르고, 어떤 자극을 받느냐에 따라 달라지고, 그 모든 게 그 사람의 총합이라고. 사람의 총합이 어디까지인지 궁금해지기 시작했다.

그 뒤로도 좋은 수업들을 열심히 찾아다녔다. 박명신 배우님의 화술 수업에서는 발음에 대해서 배웠지만 '사람은 그 말을 하지 않으면 미칠 것 같아서 한다'는 진실을 배웠다. 강량원 연출님의 연기 설계 수업에서는 설계법을 배웠지만 동시에 언제나 새롭게 감각을 만들어내야 한다는 아이러니를 배웠다. 안선경 감독님의 영화 연기 수업에서는 연기는 기술이지만 그럼에도 '내가 어찌할 수 없는 영역' 안에서 하는 것이라는 겸손을 배웠다.

배우는 때가 되면 카메라 앞에 서야 한다. 아무리 연습을 했다 하더라도 현장에는 늘 어쩔 수 없는 일들이 기어이 벌어지고 만다. 상대 배우가 대사를 통째로 날려버릴 수도 있고, 갑자기 비가 올 수도 있다. 배우는 그저 자신을 믿고 몸을 던져보는 수밖에 없다. 컷 사인이 끝날 때까지 용기를 내보는 수밖에. 그런데 누군들 그렇지 않을까.

나의 선생님들은 연기를 하기 위해서는 무엇보다 솔직해져야 하고 용감해져야 한다고, 사람과 세상을 향해 지치지 않고 궁금해해야 한다고 가르쳐주었다. 자신의 기준을 믿고 신뢰하면서도 타인의 창작 세계에 알맞게 들어가기 위해 나와 타인의 경계에 서는 법을 연마해야 한다고 알려주었다. 배우는 기다리는 존재이지만 즐겁게 기다리기 위해 자신의 세계를 부단히 쓸고 닦아야 한다고 응원해주었다. 연기를 배우러 갔는데 결국 세상을 더 잘 살아가는 법을 배운 셈이었다. 이상했다.

좋은 수업들을 들으면서 동시에 작은 작업들도 병행했다. 연극과 영화, 전시와 다원예술을 하기 위해 이전의 내 삶에는 없던 공간들을 찾아다녔다. 그곳에서 나로 살기로 결정한 사람들을 만났다. 반갑고 아팠다. 자기를 설명하기 위해 애쓰는 사람들, 그래서 고통받는 사람들, 그만큼 상처 주는 사람들. 미워할 수만은 없지만 그렇다고 친해지고 싶지는 않은 사람들. 혹은 너무나 다정하고 사랑스러운 사람들.

립스틱을 바르고 싶은데 들킬까 두려워 가방 안쪽 깊숙이 숨기고 다녔다는, 퀴어 연극제에서 만난 게이 친구에게서 자신의 진실을 숨기고 다녀야 하는 사람의 슬픔을 함께 느꼈다. 은유 작가님 수업에서 하나의 사건에 대해 계속해서 다른 글을 쓰는 학인들을 보고 있자니 결국 인간은 자기 인생에서 중요한 단 하나의 문제를 해결하기 위해 평생이라는 시간을 들이고 있다고 생각했다.

다양한 사람과의 만남은 나를 더 나은 인간으로 만들어주었다. 내가 통상적인 의미에서의 좋은 사람은 아닐지라도, 덕분에 덜 편협해질 수 있었다. 실제로 나의 연기도 조금씩 달라져갔다. (이건 여담이지만, 나는 얀니를 만난 뒤로 처음으로, 섹슈얼한 연기에 성공했다. 수많은 간접 경험 덕분이었다. 이는 아주 놀라운 변화임이 틀림없다!)

실제 나의 삶과 연기를 통해 만나게 되는 삶. 두 세계가 서로 영향을 주고받으며 긴밀히 작동한다는 사실, 그래서 내 세계가 넓어질수록 나의 연기도 달라지고 연기가 달라지면서 내 삶도 조금씩 바뀐다는 게 신기하다. 삶에서는 비록 실패했을지라도 연기로 한 번 더 해볼 수 있다는 사실에 위로받는다.

현실의 나는 미숙했지만 무대 위에서는 다르게 존재할 수 있다. 다르게 사랑할 수 있고, 다르게 화해할 수 있다.

사건과 감정을 이렇게도 바라보고 저렇게도 바라보면서 다른 가능성을 상상해볼 수 있다. 카메라 앞에서는 이전과는 다른 선택을 해볼 수 있는 것이다. 그러니 이 연기가 끝난 다음에는 어쩌면 내 삶도 조금은 달라지지 않을까 기대하게 된다. 내 삶을 더 잘 살아내겠다 다짐하게 된다. 살아갈 이유가 나에게도 생긴 것이다.

연기는 내게 부귀영화는 말할 것도 없고, (아직) 먹고살 길도 주지 않았지만, 살아갈 이유를 주었다. 연기를 하면서 나는 나만의 터널을 무사히 지나왔다. 그러니 모두 연기를 꼭 한 번 해봤으면 좋겠다고 진심으로 생각한다. 연기를 하면서 자신에 대해 알아가고, 자신의 경험을 정리하고, 자신의 감각을 마음껏 느껴보는 기회를 모두가 가져볼 수 있기를 바란다.

연기의 세계에서는 모든 것이 가능하기 때문이다. 이제는 만날 수 없는 사람도, 다시는 만나고 싶지 않은 사람도 바로 불러올 수 있다. 시간과 공간의 제약도 없어서 지금 여기는 10년 전 피아노 학원도 되었다가 아직 가보지 못한 쿠바의 바닷가도 된다.

우리는 연기의 세계에서 무엇이든 할 수 있다. 그 누구도 실제로 다치지 않으니 괜찮다. 그러니 "그때 도대체 나한테 왜 그랬냐"고 악다구니를 써보고, "진짜로 하고 싶었던 말은 사실 그게 아니었다"고 뒤늦게라도 꼭 사과해보기를. 어린 시절 소풍날로 돌아가 달걀물에 곱게 부친 분홍 소시지와 사과잼을 잔뜩 바른 와플을 이번에는 마음껏 먹어보기를. 당신도 꼭 그래 보기를.

다시 한번 말하지만 연기의 세계에서는 모든 것이 가능하니까 말이다.

얀니

좋아하는 것을 좋아하는 마음

선풍기 소리가 아니었다. 야간 자율학습 시간에 탈출하지 못한 열여덟의 내가 책장을 넘기는 소리였다. 그 책은 도서관에서 실수로 가져온 책이었다. 무라카미 하루키의 책들과 나란히 꽂혀 있던 무라카미 류의 소설 《한없이 투명에 가까운 블루》. 이 책으로 인해 '실수'와 '우연'에 숨어 있는 감각이 얼마나 대단한지를 그 여름밤 알게 되었다.

"비행기 소리가 아니었다"로 시작하는 문장은 필로폰과 헤시시, 조선인과 흑인, 스타킹과 성기와 함께 분잡스럽게 엉켜 있었다. 집단 성교부터 항문 성교까지. 지금 이 글을 쓰는 도서관에서도 혹시 누가 볼까 주위를 살피게 되는 단어들이 무차별적으로 퍼져 있었다. 분명 책 표지에는 '최연소 아쿠타가와상 수상'이라는 말이 쓰여 있었는데. 대체 문학이란 무엇이길래, 이런 책에 상과 권위를 주는 걸까? 서랍 아래로 조심스레 책장을 넘겼다. 이런 글이라면 나도 쓸 수 있겠다, 나도 언젠가는 이런 못된 글을 써서 상도 받고 세상을 놀래줄 수 있다면 좋겠다 싶었다.

무라카미 하루키와는 다르게 무라카미 류를 좋아하는 사람은 흔치 않았다. 그럼에도 그의 작품 대부분은 번역되어 있었고, 나는 그의 책을 모두 찾아 읽는 열혈 독자였다. 물론 어떤 책은 너무 두껍고 읽기가 힘들었지만, 《와인 한 잔의 진실》은 비닐 커버를 씌워서 어디를 가든 짝꿍처럼 데리고 다녔다. 소설 《69 Sixty Nine》 마지막에 놓인 '작가의 말' 중 "즐겁게 살지 않는 것은 죄다"는 지금까지 쭉 나와 함께 살고 있는 문장이다. "처음이라는 어드밴티지가 싫어. 몇 사람인가, 한 명이라도 열 명이라도 관계없지만 남자를 경험한 다음 마지막으로 나를 선택해줬으면 해"라는 《리허설》 속 문장은 또 어떻고. 나를 키운 8할은 무라카미 류 소설 속 문장들이었다.

그의 책 속 주인공들은 항상 낯선 곳을 떠돌았고, 경찰과 선생들과 싸우고, 해외 진미를 맛보며 섹스에 열중했다. 여고를 졸업하고 대학과 직장으로 이어지는 따분한 공간 안에서 그의 문장을 따라 읽는 것은 말 그대로 개안(開眼)의 경험이었다. 정해진 시간 출퇴근을 반복하면서도 나는 책 속 주인공들과 변함없이 떠돌고 반항했다. 교코와 릴리, 겐스케라면 언제나 나를 이해해줄 것 같았다.

나는 연상의, 특히나 고집스러움이 돋보이는 얼굴의 남자는 싫었지만 무라카미 류라면 저녁 식사 정도는 가능할 것 같았다. 실제로 스물일곱에는 다니던 치과를 때려치우고 일본으로 어학연수를 떠나기도 했다. 벚꽃이 한창이던 오사카의 4월 첫 수업 시간에 "村上龍さんに会いに来た(무라카미 류 씨를 만나러 왔다)"라고 나를 소개하기도 했다.

문학이란 이상했다. '학'자가 들어가 있지만, 전혀 고리타분하지 않다. "우리가 글을 쓰는 목적은 부모님을 기절초풍하게 만드는 데 있다"와 "나는 나를 파괴할 권리가 있다"라고 말하는 작가들로 가득한 곳이다. 그들은 잔소리를 모르고 별것 아닌 걸로도 마음껏 잘난 체한다. 더 나이 먹기 전에 괜찮은 남자를 잡아 시집가라고 하지 않는다. 명절이면 남자의 집에 먼저 가서 제사상을 차리고 뒤로 물러나 있다가 설거지까지 하는 것이 당연한 거라고 얘기하지 않았다.

살아오며 가졌던 수많은 수수께끼에 그들은 각자의 방식으로 조곤조곤 힌트를 주었다. 그 힌트라는 것이 마음에 들지 않으면 책장을 덮어버리면 그만이었다. 그러다가 내가 필요할 때 슬그머니 다시 다가가도 상심한 표정 하나 없이 또 조잘댄다. 그렇게 쌓아온 대화의 시간을 통해 내가 어떤 사람인지, 내가 추구하는 것, 나와 어울리는 것들을 자연스레 궁리하게 되었다.

그들 덕에 나는 한국의 결혼 제도와는 어울리지 않는 사람이라는 것을 깨달았고, 무엇보다 문학 안에서는 어떤 것도 소외되지 않고 존재한다는 것을 알게 되었다. 한글 사전이 성경처럼 보이던 때도 있고, 졸지에 글 쓰는 일 말고는 도무지 하고 싶은 일도, 할 수 있는 일도 없었다.

30대의 대부분을 이렇게 문학에 대한 짝사랑의 괴로움으로 보냈다. 누군가는 돈 많은 남자를 만나 결혼해서 집에서 글만 쓰면 되지 않느냐고도 했다. 놀라웠다. 세상에는 정말 다양한 사고의 방식이 존재한다고 생각했다. 안타깝지만, 문학에 대한 나의 마음은 그들보다 훨씬 깊고 심각했다.

다행히도 문학은 지난한 시간을 통해 작은 소망이 가진 힘과 그것을 지키는 힘을 길러주었다. 정말 최악의 상황으로는 가지 않게 했다.

사람들은 종종 나에게 '너는 외로움이 없는 사람'인 것 같다고 말한다. 그러면 나는 누구보다 외로움과 절친한 사람이라고 답한다. 책을 읽고 글을 쓰는 시간은 필연적으로 혼자일 때 무르익는다. 작은 방에 누워 홀로 천장을 바라보고 있더라도 고독이 나를 삼키지 않을 수 있었던 건 언제나 나의 작은 소원이 함께했기 때문이다.

정말로 좋아하는 것이 있는 사람이라면, 당장 인정받지 못하더라도 기뻐하길 바란다. 당신은 이미 알뜰한 인생을 완성하는 커다란 퍼즐 하나를 찾은 셈이다. 때로는 좋아하는 마음만으로는 아무것도 해낼 수가 없어서 답답하고 불안할지라도. 또 그것이 나에게 돈을 벌어주지 못해 속이 타들어갈 때가 오더라도.

온 마음을 쏟아부을 대상이 있다는 것이 결국은 당신을 더 나은 곳으로 이끌어줄 것이다. 꾸준한 사랑이 당신을 배반하는 일은 절대로 없을 것이다.

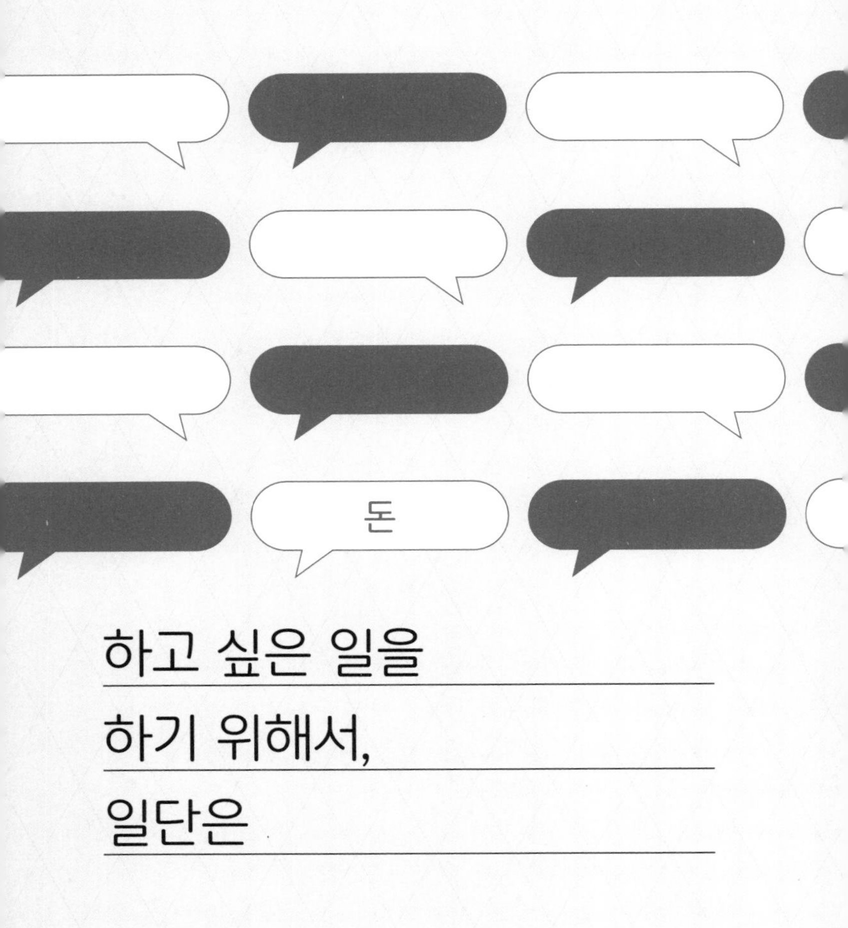

하고 싶은 일을 하기 위해서, 일단은

백배

언젠간, 넘치듯 넉넉하게

3세용이 적절할지 5세용이 적절할지 한참을 고민했다. 한글 교재는 태어나서 처음 사보는지라 자신이 없었다. 점선을 따라 ㄱ, ㄴ, ㄷ을 그리는 책부터 단어 책까지 생각보다 더 다양한 교재가 있었다. 몇 번을 들었다 놓았다가 어렵게 골랐다. 옆 문방구에 들러 크레파스와 색연필까지 샀다.

다니던 회사를 그만두고 잠시 쉬는 동안 할머니 집에 내려가 있는 중이었다. 얀니 덕분에 심기일전하고 들어간 좋은 직장이었는데 여러모로 나와는 맞지 않았다. 괴로워하는 나에게 언니는 너무 힘들면 빨리 그만두는 것도 방법이라 했고, 덕분에 다시 괜찮은 조건으로 이직하게 된

참이었다. 한창 마음이 힘들 때, 그러니까 모든 게 다 끝났다고 생각했던 스물아홉으로부터 딱 1년이 지난 시점이기도 했다.

할머니에게 무언가를 해드리고 싶었다. 좋아하는 걸 사드리고, 함께 놀러 다니고 싶었다. 하지만 한평생 쉬지 않고 노동해온 할머니는 본인의 호불호가 중요하지 않은 삶을 살았던 탓인지 딱히 좋아하는 게 없었다. 여기저기가 불편해서 잘 걷지도 못하는 할머니를 데리고 운전도 못하는 내가 갈 만한 곳도 마땅치 않았다.

할머니가 좋아하는 건 근처 동네 빵집의 카스텔라와 막걸리 정도. 내가 해드릴 수 있는 건 딸기잼이 발린 롤케이크와 국순당 막걸리를 사다 드리는 정도. 할머니는 뭘 좋아해? 가지고 싶은 건 없어? 뭐 먹고 싶은 건? 계속 물어보는 수밖에 없었다. 그러다 할머니는 아주 조그만 목소리로 "한글을 배우고 싶다"라고 답했다. 읽을 수는 있지만 쓰는 법을 제대로 배운 적이 없다고 말끝을 흐렸다.

그러고 보니 할머니가 우리 가족에게 택배를 보낼 때마다 가까이에 있는 우체국이 아니라 멀리 있는 우체국까지, 택시도 타지 않고 힘겹게 오고 간다는 사실이 떠올랐다. 바쁜 읍내 우체국 직원은 할머니의 택배에 대신 주소를 써주지 않기 때문일 것이다. 단정하고 깔끔한 할머니, 남에게 절대 아쉬운 소리 안 하고 속옷과 이불을 매일 같이 삶는 할머니는 그 상황이 창피했을지 모른다.

할머니는 뭐 이런 걸 돈 아깝게 사 오느냐고, 책 한 권이 이렇게나 비싸냐고 했지만 기쁨을 완전히 감추지는 못했다. 설레는 할머니의 마음이 다 느껴졌다. 할머니에게 이건 'ㄱ'이고 'ㅏ'가 합쳐져서 '가'가 된다는 걸 알려드렸다. 손녀딸인 내 이름을 쓰는 할머니. 연필에 힘주는 법을 몰라 이리저리 흔들린 할머니의 글씨를 오랫동안 눈에 담았다. 할머니에게 선물을 드릴 수 있어서, 내가 돈을 벌어서 참 좋다고 생각한 순간이었다. 돈이 이렇게나 좋은 것이라는 걸 다시 한번 느꼈다.

나는 어릴 때부터 돈에 밝은 편이었고, 돈이 좋았고, 돈을 많이 벌고 싶었다. 지갑이 터질 듯 빵빵한 느낌이 좋아 전 재산을 지갑에 넣고 다니기도 했고, 과외로 난생처음 80만 원이라는 거금을 받게 되었을 땐 서랍장 깊숙이 돈뭉치를 넣어두고 자기 전마다 들여다보기까지 했다.

스무 살 이후부터 주로 학원 아르바이트를 하며 돈을 벌었다. 운이 좋은 편이라 또래보다 늘 조금 더 벌었는데 그게 나의 자부심이었다. 내가 먹고 마시는 돈을 스스로 마련한다는 사실, 돈이 주는 자유를 일찍부터 깨달았다.

그러면서도 동시에 돈을 경멸했다. 운이 좋았다고 해도 돈을 버는 행위에서 오는 피로함을 일찍부터 경험했기 때문이다. 돈을 번다는 건 더럽고 치사할 때도 있었다. 끊임없이 돈을 벌어야 하는 생활이 지긋지긋하기도 했다. 방학이면 친구들은 캐리비안 베이다, 유럽이다, 놀러들 다니는데 꼬박꼬박 학원으로 출강할 때는 더욱 그랬다. 소비를 할 때면 자연스럽게 내 '시급'이 떠올랐다. 이건 내가 학원에서 두 시간 버텨야 벌 수 있는 돈이군.

계속 돈을 벌어야 했던 이유는 단순하다. 우리 집은 갈수록 점점 더 망해갔기에 용돈을 풍족하게 받을 수 없었다. 특히나 내가 10대일 때 우리 집 가난은 절정에 달했다. 사춘기에 맞게 된 '가난의 직격탄'은 정말이지 끔찍했다. 유년 시절에 경험한 약간의 풍족함이 나를 더 비참하게 만들었다. 백화점 브랜드, 여름 캠프, 아파트가 사라진 자리에 지하상가, 발신이 끊겨버린 전화기, 반지하가 자리를 차지했다.

가난은 나를 점점 더 계산적이고 냉소적으로 만들었다. 절대로 남에게 싫은 소리 하지 않고, 어떻게든 받지 않고, 남에게 무언가를 받으면 칼같이 계산해서 꼭 되갚아주었다. 이런 깔끔함과 조숙함 때문인지 친구들은 나를 부잣집 딸로 자주 오해했는데 내버려두었다. 가난만큼은 절대로 들키고 싶지 않았다.

그러다 하고 싶은 일을 하기 위해서는, 배우가 되기 위해서는 돈을 포기해야 한다고 생각했다. 돈을 무척 좋아하는 나였기에 오랫동안 망설이다 '절대로 가난한 연극배우만은 되지 않겠다'는 다짐을 깨고, 나를 연기의 세계로 이끈 배우님을 찾아갔다. 이제까지 다른 일을 해오다가 진로를 연기로 바꾸고 싶다는 내게 선생님은 생각보다 더 고될 터인데 어디까지 감수할 수 있을지를 물으셨다. 통장에 얼마 정도가 있어야 안심이 되는지. 그 정도를 본인이 잘 알고 있어야 앞으로 연기를 할 때 도움이 될 것이라고 했다.

돈이 없으면 생길 수 있는 일상의 불편함에 대해서도

이야기를 나누었다. 부모님 친구들이 놀러 오면 방 안에 숨어 있었다거나 친구 결혼식에 낼 축의금이 없어서 괴로웠다는, 무명 시절을 견뎌낸 배우들의 인터뷰가 떠올랐다. 선생님은 남에게 얼마나 잘 받을 수 있는지도 무척 중요하다고 했다. 내가 생각하기에 자본주의 사회에서 돈으로 환산하기 어려운 일을 한다는 것은 존재가 사라지는 공포일 수 있음을 미리 알려주신 것이다.

그리고 선생님 말이 맞았다. 돈은 무척이나 중요했다. 성인이 된 뒤로 언제나 나를 책임질 수 있을 정도의 충분한 돈을 벌었는데 '연기'를 하면서는 도저히 그럴 수 없었다. 절대로 꿈만 먹고 살 수는 없다는 걸 처절하게 깨달았다. 돈을 좋아하는 나는 당시에도 어떻게든 악착같이 월에 200만 원 정도를 벌었는데(매달 연극을 하면서 이렇게 벌기란 정말 쉬운 일이 아니다) 경제적인 부족함 말고도 미래에 대한 불안과 조바심 때문에 내가 가장 가난한 시기였다.

동시에 주변 사람들로부터 그 어느 때보다 많은 것을 받은 시간이기도 했다. 엄마와 남자친구, 언니들과 친구들, 그리고 선생님들로부터 많은 것을 받으며 그 시간을 견뎠다. 그들은 내 수업료를 대신 내주기도 하고, 돈을 보내주기도 했다. 밥과 술을 사주었고 대중교통이 끊긴 날이면 집에 데려가 재워주기도 했다. 바쁜 시간을 쪼개 꼬박꼬박 내 공연에 와주고, 어떤 점이 좋았는지 나에게 어떤 재능이 있는지 말해주었다. 계속하라는 응원도 해주었다. 이 가난의 경험 덕분에 나는 조금씩 받는 사람이 될 수 있었다.

이후 다시 회사에 들어갔을 때는 내가 나를 온전히 책임질 수 있다는 사실이 무엇보다 좋았다. 회사 생활은 나에게 일상의 안정감을 주었다. 스마트하고 젠틀한 사람들로 이루어진 네트워크도 주었다. 소비를 통한 즐거움과 만족감도 느낄 수 있었다.

하지만 소비만으로는 나의 존재를 증명할 수 없기에 주말에는 어떻게든 예술 활동을 하고 있다. 친구들과 영화를 찍고, 무용을 배우고, 글을 쓴다. 주 5일 노동만으로도 충분히 '빡세기에' 내가 지금 이걸 왜 하겠다고 했는지 자책하기도 하면서. 몸과 마음이 힘들어 의도치 않게 상대를 힘들게 하기도 하는 예술인 친구들과 부대끼는 게 쉽지만은 않다고 느끼면서. 그럼에도 계속하려고 한다. 그만큼 아주 재미있기 때문이다.

이번엔 내가 운이 좋아 주는 편에 서 있게 되었다. 내 가족과 애인, 친구들과 언니들, 그리고 선생님들이 나에게 해주었던 것처럼 이번에는 내가 나의 예술인 친구들에게 밥과 술을 사준다. 그들의 작업물을 구입하고 계속하라고 응원해준다. 주는 사람이 된다는 건 정말이지 주는 사람 본인에게 좋다는 걸 느끼면서 말이다.

'기버(Giver)'가 되어야 한다고 얀니는 자주 말하곤 했다. 기버. 주는 사람. 생각해보니 나는 상대에게 받지 않으면 된다고 생각했지, 내가 뭔가를 줘야 한다고 생각해본 적은 없었다. 이 정도만 해도 충분하다고 생각했다. 특히나 아직도 여자는 무엇을 받느냐에 따라 존재가 증명된다는, 그래서 좋은 '테이커(Taker)'가 되어야 한다고 말하는 세상이니 말이다.

돈 많고 능력 있는 남자를 만나는 게 여자의 인생에서 중요한 우위를 차지한다는 말에 반감을 가지면서도 속으로는 나 역시 어느 정도 바라기도 했다. 이 마음을 들키지 않기 위해 내가 더 더치페이에 집착하던 시기도 있었다. 물질적인 것에만 국한된 이야기는 아니다. 늘 상대보다 내가 더 많이 좋아할까 걱정하며 나는 내 감정도 검열했으니까.

돌아보자니 '받지 않는 사람'으로 살고자 했던 지난 시간들은, 어찌 보면 아주 많이 받고 싶어서였던 것 같다. 충분히 사랑받지 못했다는, 풍족하고 여유롭지 못했다는 피해 의식이 마음 깊숙한 곳에 늘 자리하고 있었다. 그래서 받지 않겠다고 무심한 척했지만 늘 누군가가 나를 온전히 충족해주기를 바랐다. 누가 먼저 나를 발견해'주기를', 사랑해'주기를', 보살펴'주기를' 기다렸다. 가까운 이들에게 필요 이상의 응석을 부리고, 끊임없는 관심과 애정을 갈구한 이유일 것이다.

몸과 마음의 가난을 조금 통과한 지금의 나는 쿨하게 안 받는 사람 말고, 받고만 싶어하는 유약한 사람 말고, 그냥 먼저 주는 사람이 되고 싶다. 언젠간 내가 받아보지 못했던 것들까지 주고도 깨끗이 잊을 정도로 넉넉한 사람이 된다면 정말 좋을 것이다.

얀니

지금 당장,
가시나답게
전진!

"언니, 근데 돈 이야기 또 쓸 수 있겠어?"

책의 글감을 정하는 테이블 위에서 백배가 눈치를 본다. 나는 일단 한숨을 한 번 쉬고, 어쩔 수 없지 하는 표정을 지었다. 그렇게 이 책의 차례 중 하나는 '돈'으로 결정되었다. 돈의 중요성이란 두 번 세 번 강조해도 모자람이 없으니까.

백배가 걱정스러운 눈빛을 보낸 건 지금 내가 써야 할 글이 너무 많다는 것이고 그것이 죄다 '돈'에 관한 글이어서 그렇다. 실제로 지난 3년간 나는 줄곧 돈에 관한 글을 썼고, 지금도 여전히 이어지는 중이다.

돈 공부를 하면서 시작한 브런치. 그 글들은 《오늘부터 돈독하게》라는 재테크 에세이가 되었고 꽤 많은 사랑을 받았다. 그리고 1년도 되지 않아 후속으로 실전편을 썼다. 그 책은 《돈독한 트레이닝》이라는 이름으로 같은 출판사에서 2022년 2월 출간되었다. 이 책이 출간되자마자 시리즈의 마지막 격인 '돈의 말들'이라는 주제로 또 다른 출판사에서 제안받았고, 2023년 초 출간을 목표로 작업하고 있다.

세 권의 책을 쓰는 동안에도 〈어피티 머니레터〉 〈토스 피드〉 〈롯데카드 앱〉에 외부 필진으로 연재를 이어왔다. 방송이나 강연 같은 외부 활동까지 합친다면, 지난 3년간 정말 몸에서 돈 냄새가 날 정도로 돈 얘기를 주구장창하고 있다.

이렇다 보니 출판사에서도 '돈' 관련 책이 나오면 내 생각이 난다며 가장 먼저 보내주신다. 이 책을 쓰게 된 계기도 그랬다. 《돈을 사랑한 편집자들》(위즈덤하우스, 2022)이라는 책을 만든 편집자님이 내가 읽으면 너무 좋을 것 같다며 집으로 직접 보내주신 거였다.

나 역시 일주일에 두 번은 서점에 들러 트렌드를 살피는데 마침 눈에 담아두고 장바구니에 넣어둔 책이었다. 참 신기하다 생각하며 책을 요리조리 살펴보는데 뒤쪽 책날개에 '여자 둘이 쓰는 공저 프로젝트, 키키 시리즈'라는 소개를 봤다. 이거다! 당장 옆방으로 달려가 문을 열고 백배에게 소리쳤다.

"야야, 당장 노트북 펴라."

매일 아침 각종 신문을 읽고 매주 나오는 신간을 둘러보고 세상의 흐름을 읽게 되면 갑자기 반짝하는 순간과 종종 만날 수 있다. 출판에 대해서는 특히 관심이 있었고 이미 네 권의 책을 내본 경험이 있으니 '키키 시리즈'에 우리가 딱 맞는다는 생각이 들었던 것이다. 거기에 돈에 눈을 뜨게 되면 책이 만들어지는 과정, 출판사에서 원하는 것, 독자들이 원하는 것, 최근 출판계의 트렌드와 사회 문화적인 흐름까지 고려해 기획을 세울 수 있다. 그 안에는 다 돈이 흐르고 있기 때문이다.

이제는 돈과 비즈니스의 법칙까지 깨우친 작가로 비대한 자아가 아닌 깔끔한 자기 객관화를 바탕으로 우리가 가진 장점이 무엇인지를 빠르게 스케치했다. 이것을 멋진 상품으로 보여줄 수 있도록 차례와 함께 샘플 원고까지 준비한 다음 출판사에 제안한다면 이것은 말 그대로 '거절할 수 없는 제안'이 될 것이었다.

책 출간이 처음인 백배는 역시 그 나이 때의 신인이 할 수 있는 수많은 걱정과 자기 의심을 하기 시작했다. '언니는 작가지만, 나는 작가도 아닌데' '아무리 그래도 이게 정말 이렇게 쉽게 될까?' 프리랜서로 일상을 꾸리면서 내가 깨우친 제1의 법칙은 '의심하고 걱정할 시간에 그냥 하자'였다. 그리고 일단 '해야 한다면 무조건 해낸다는 생각 외엔 모두 버리자' 이 단순한 문장 한마디가 생각보다 힘이 세다.

사실, 나야말로 새로운 단행본을 쓸 상황이 아니었다. 앞에서도 말했다시피 현재 하고 있는 일이 너무 많았다. 내년에 출간하기로 계약된 책만 해도 이미 두 권이 더 있었다. 하지만, 키키 시리즈는, 지금 우리가 아니면 안 될 것 같았다. 보는 순간 침이 고이고 욕심이 났다.

운명처럼 백배의 여름휴가 기간이 다가오고 있었다. 일주일의 휴가 동안 기획과 글 목록을 작성하고 각각 샘플 원고를 세 꼭지씩 작성해서 제안서를 보냈다. 결국 기획안은 단번에 통과되었고, 출판사 미팅과 계약을 거쳐 초고를 완성하기까지 일필휘지로 진행되었다. 열 일 제쳐두고 초집중하여 글을 써내려갔다!

빡빡한 일정, 여기에 나는 카카오 숏폼 플랫폼의 파트너로 〈한입똑똑〉이라는 경제/교양 숏폼을 주 5회 업로드하고 있었다. 백배 역시 잘나가는 IT 스타트업의 인사 담당자로 매일이 분주했다. 나 역시도 '이게 될까?' 하는 마음이 스멀스멀 올라올 때가 있었다. 그럼에도 결국 매 주말 아침 백배의 방문을 발로 차며 "미쳐야 미친다!"를 외치며 카페로 도서관으로 질주했다. 보통 주말 아침에는 침대와 한 몸이 되어 누워 있는 백배도 이번에는 두 번 말하지 않아도 "읏쌰" 하며 일어났다.

백배와 공저로 글을 쓰면서 우리가 생각보다 더 잘 맞는 사람이라는 것을 알았다. 그전에는 관심사가 같아서 잘 맞는 편이라고 생각했지만, 사실 성격이나 취향은 많이 달랐다. 특히 나는 대인 관계에서 털털하게 굴지만, 사실은 굉장히 디테일하고 꼼꼼한 편이다. 타인의 장점을 잘 찾아내는 게 나의 큰 장점이지만 그만큼 단점도 빨리 찾아내는 것이 내 단점이다. 때문에 이제껏 내 맘에 쏙 드는 사람은 거의 없었다. 다들 디테일하게 조금씩 나와 안 맞았다.

그런데 공저 작업을 하면서 '잘 맞는다'고 할 수 있는 사람은 단순히 공통점이 많은 것이 아니라 각자가 달라서 서로의 부족한 면을 채워줄 수 있는 상호 보완적인 존재일 수 있겠다는 생각을 했다. 백배와 함께 글을 쓰면서 알게 된 큰 깨달음이었다.

우리는 정말로 주말마다 놀이터의 유치원생처럼 신나 있었다. 거의 열 시간 이상을 서로의 노트북을 마주 놓고 웃고 또 집중했다. 내가 목표를 설정하고 계획해서 이끄는 리더 타입이라면 백배는 조력자 스타일로 열정을 갖고 따라와서 내가 가고자 하는 목적지에 정확히 도착하게 했다. 기대 이상으로 분발해주었고 나보다 더 몰두했다. 그래서 덩달아 나까지 고심하고 열중하게 만들었다. 내가 글쓰기를 왜 어째서 사랑했는지 다시 깨닫게 해주었다.

우리는 이미 돈과 예술을 이해하는 머니앤아트의 일원으로 손발이 짝짝 맞았다.

> "여기서 네가 이렇게 나오면, 여기서 내가 이렇게 받는 거지."
> "네가 하고 싶은 말을 어떻게 독자들에게 깔끔하게 전달할지를 생각해봐."
> "우리 선에서 이 정도는 해서 보내야지 편집자님이 시간을 아낄 수 있지."
> "누군가와 일을 할 때는 절대 까다롭게 굴면 안 돼."

돈을 제대로 벌기 시작하면서 나는 많이 변했다. 정말로 "쌔가 빠지게" 일하고 돈을 벌면서 지금까지는 질투심에 쳐다보기도 싫었던 "성공한 사람"들이 만든 성과를 깨끗하게 인정할 수 있게 되었다. 존경할 수 있게 되었다.

세상은 내 맘 같지 않다는 걸, 백배의 말을 빌리자면 세상은 수요와 공급의 법칙에 따라 움직인다는 것을 이해하게 되었다. 예전에는 기를 쓰고 "행복은 돈으로 살 수 없다"라고 말했는데 그럴 수밖에 없었던 게 돈의 효용을 제대로 느껴본 적이 없었기 때문이다.

이제는 "행복은 돈으로 살 수 없지만, 돈이 없으면 아무것도 살 수 없다"라는 말에도 고개를 끄덕이게 된다. 실제로 돈이 없으면 아무것도 못 산다는 말이 아니라 그럴 수도 있겠구나 하고 나와 다른 생각도 받아들이는 것이다.

"얼마나 팔렸으면 좋겠어?"

백배에게 물으니 "그래도 만 부는 나갔으면 좋겠는데"라고 한다. 가시나답게 꿈을 크게 가지라고 하니 판매 목표 50만 부가 되었다. 까짓 100만 부 팔아보자며 또 "미쳐야 미친다"를 외치며 웃었다.

물론 그렇게 되지 않더라도 우리는 괜찮다. 우리는 예술인의 광기와 현실 감각을 동시에 갖춘 여자들로, 우리는 어디서든 가시나답게 전진할 것이니까!

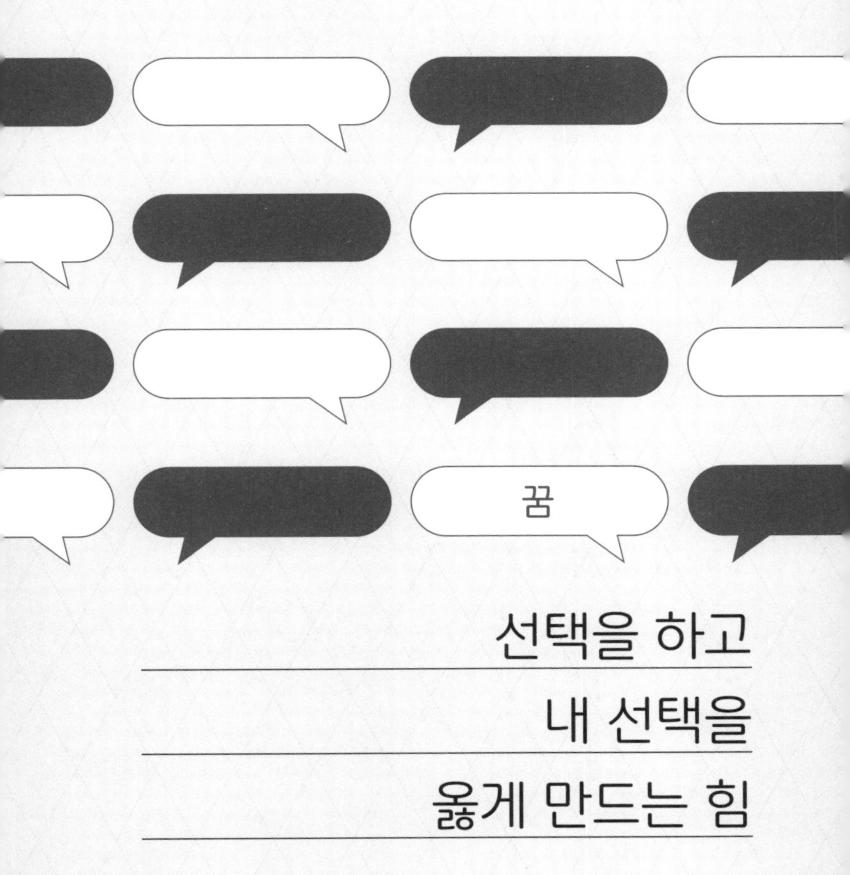

선택을 하고 내 선택을 옳게 만드는 힘

백배

10년
마일리지
쌓기

5년 전, 연극인들이 모인 한 뒤풀이 자리. 그날은 연기 전공 대학원 입시 결과가 나오는 날이기도 했다. 그 자리에는 시험 응시생이 다수 있었기에 누군가는 떨어지고, 누군가는 붙었다. 나는 떨어졌다. 합격자들을 절대로 불편하게 만들지 않겠다 다짐했지만 자리가 끝나갈 무렵 나는 결국 훌쩍거리고 말았다. 사람들은 내게 저마다 위로의 말을 건넸다. 무려 5수 끝에 이번에 합격했다는 한 언니도 저런, 하고 안타까워하더니 내게 물었다.

"그런데 가만있자. 그래서 네가 지금 몇 살이지?"

내 나이를 듣고 언니는 "어머, 얘!" 내 어깨를 한 대 툭 치더니 호탕하게 외쳤다.

"앞으로 울 일이 얼마나 많은데! 눈물이 다 아깝다. 그만 울어!"

언니의 말이 다 맞았다. 다만 눈물이 아까운지는 모르고, 아니 그런 생각조차 들지 못할 정도로 감정에 휩쓸리며 눈물을 흩뿌리고 다녔다.

전전긍긍하는 애절한 마음으로 계속 시도하는데도 실패해서 울었다. 무시당하고 모욕받는 경험들이 하나둘 생길 때마다 화가 나서 울었다. 더 잘하고 싶었는데 하는 아쉬운 마음에도 울었고, 연기를 통해 많은 걸 선물받는 기분을 느낄 때도 감사해하며 울었다.

당시 나는 일과 병행하며 닥치는 대로 공연을 했다. '공연봇'처럼 두 달에 한 번씩 연극을 올렸고, 직접 희곡을 써서 낭독극을 했다. 단편 영화를 쉬지 않고 찍었다. 기회가 주어지지 않으면 내가 기획부터 대본까지 준비해 갔다.

좋다는 수업이 있으면 또 어떻게든 시간을 쪼개 들으러 다녔다. 연기 개인 레슨부터 화술, 움직임, 무대 미술, 희곡 쓰기 수업까지 죽음의 스케줄이었다.

이렇게까지 강박적이었던 이유는 소위 '10년은 해야 길이 보인다'고들 하는데 그 '10년'을 단축하고 싶었기 때문이다. 10년은 너무 길고, 아득했다. 도무지 끝이 보이질 않았다.

주 7일 내내 아침부터 새벽까지 판교의 직장과 돌곶이의 연습실과 대학로의 공연장을 오갔다. 그사이에 잠깐 예술로 먹고 살아보기 위해 서울문화재단의 '예술가 교사'로도 일해보았고, 모든 문화재단으로부터 각종 지원금을 받아보기도 했지만 일시적이고 불안정했다.

다시 회사로 돌아갔다. 그렇게 초기 멤버로 몸을 담았던 IOT 기술 스타트업이 인수 합병되는 과정까지 경험한 뒤에 제대로 연기만 해보겠다고 호기롭게 판교를 떠났으나 때마침 코로나가 터져버렸다. 생각지도 못한 변수 앞에서 이렇게는 절대 10년을 채우지 못하리라 생각하고 다시 직장인이 되었다.

그렇다고 오직 좌절만 한 것은 아니다. 직장인이 되기로 결정한 이유가 그럴듯한 연봉과 일일이 나를 설명하지 않아도 되는 편안함 때문만은 아니었기에. 다시 회사에 다닌다면 어떤 일을 할지 충분히 심사숙고하여, 어떤 조직이 나에게 맞을지 고민했다. 덕분에 운 좋게 주목받는 IT 스타트업에서 일할 수 있었다.

본인의 일을 사랑하는 열정적인 사람들과 일할 수 있다는 건 그 자체로 정말이지 좋은 경험이라 생각한다. 어쩔 수 없이 생기고 마는 직장 생활의 피로함은 그것대로 의미가 있다. 평일에는 직장인으로, 주말에는 예술인으로 살면서 양쪽 모두를 경험해보는 건 내가 궁극적으로 하고자 하는 예술 작업에 큰 도움이 될 것이 분명하기에.

HR을 중요하게 생각하는 조직에 있다 보니 짧은 기간 동안 채용부터 평가 및 보상, 조직 문화까지 다양하게 경험해볼 수 있었다. 사람을 다루는 일인 HR은 내게 늘 흥미로운 질문을 던져주었다. 회사와 직원들 사이에서 균형을 맞춰가며, 흘러 다니는 여러 정보를 조합하여 민감한 문제를 고민해보는 것은 정답 없는 문제를 좋아하는 나에게 딱 맞았다.

사람들이 서로를 어떻게 생각하는지, 함께 일하다 보면 어떤 갈등이 생기고 이를 어떻게 해결해야 하는지, 만족할 만한 보상 수준은 어느 정도이고, 계속해서 동기 부여를 어떻게 해야 하는지까지.

내가 나만의 10년 마일리지를 쌓아가는 사이 나의 예술인 친구들은 작은 역할일지라도 영화와 드라마에 출연하기 시작했다. 영화제에 놀러 가면 꼭 한두 명씩은 관객과의 대화인 GV에 참석했다. 질투가 나기보다는 각자의 10년 마일리지를 쌓아가는 중일 터이니 시간이 그만큼 지났구나 싶었다. 그게 얼마나 쉽지 않은 일인지 나는 잘 알고 있다.

얀니를 봐도 그렇다. 그는 서른에 글을 쓰기 시작해서 10년째 글을 쓰고 있다. 글이 너무 쓰고 싶어서 무작정 서울로 상경했다던 언니는 글만 쓰고 살 수 있기를 바랐다고 한다. 그렇게 된다면 원이 없겠다 생각했다고.

10년도 더 전에 언니가 쓴 글을 보면 어쩔 수 없이 지금의 내가 보인다. "세상은 정말이지 알 수 없는 것투성이군." 한껏 우울감에 도취한 서른의 얀니. 언니를 쓰지 않고는 견딜 수 없는 사람으로 만들었을 시간들을 듣고 있자면 어쩔 수 없이 또 지금의 내가 보인다. 아침마다 108배를 올려가며 도서관에 홀로 앉아 글을 쓰는 서른다섯의 얀니.

"정말로 10년을 해보니까 뭔가 길이 보이네."

얀니는 말했다. 지금은 글만 쓰고도 먹고 살 수 있게 되었으니, 언니는 정말로 꿈을 이룬 셈이다. 심지어 이젠 쉬지 않고 글을 써야 하니 어떨 땐 괴로워하기도 하는데 그럼 나는 "꿈속에서 살고 계시면서 왜 그러세요. 작, 가, 님? 너무 부럽습니다!"라며 언니를 놀리곤 한다.

하지만 하고 싶은 일을 하면서 자신의 삶을 책임질 수 있다는 것은 정말로 행복한 일일 것이다. 언니는 10년 전의 자신과 지금의 자신은 너무나 다른 사람이지만 글을 좋아하고 사랑하는 마음은 같다고 했다. 또 끝까지 놓지 않고 계속해서 글을 썼기에 점점 더 좋은 방향으로 가게 되었다고 했다. 변치 않는 글에 대한 애정을 담아 지금도 얀니는 쓴다.

왜 연기를 시작했느냐, 왜 예술을 하고 싶으냐 하는 물음에 '다른 사람들에게 좋은 영향을 끼치고 싶어서'라고 말하는 사람들을 비웃어왔다. 자기가 남에게 영향씩이나 미칠 수 있는 대단한 사람이라고 생각하는 근거는 대체 뭐지? 내가 봤을 때 넌 그런 사람이 아닌데. 사람이 다른 사람에게 영향을 받아 좋아질 수 있다고 믿는 저 순진함을 참을 수가 없네. 인간이라는 게, 삶이라는 게 그렇게 단순하다고 정말로 생각하는 거야?

그런데 얀니와 함께 보낸 지난 2년의 시간을 돌아보니 바로 내가 영향받았고, 내가 바뀌었다. 완전히 바뀐 것은 아닐지라도 내가 가진 편견들이 좀 깨졌고, 인간을 이해하는 폭이 좀 더 넓어졌으며, 내가 어떤 사람이라는 것을 조금은 제대로 알게 되었으니까 말이다.

현실에 발을 붙이면서도 하고자 하는 일을 계속해서 가시나답게 해나가는 법도 언니에게 배웠다. 덕분에 주말마다 틈틈이 촬영했던 작업이 하나의 장편영화가 되었고, 친구들과 찍었던 단편영화는 2022년 부산국제영화제에 다녀왔다. 이렇게 한 권의 책도 완성할 수 있게 되었고!

이제는 10년이라는 시간이 그렇게 아득하지만은 않게 느껴진다. 10년 전에도 글을 썼고, 지금도 쓰고 있고, 10년 뒤에도 쓰고 있을 언니가 바로 내 옆에 있기 때문이다. 언니 글의 세계가 계속해서 확장되고, 자신이 쓴 글과 함께 언니도 여전히 성장하는 걸 지켜보니 더욱 그렇다.

연말이면 나는 스타벅스 다이어리를 받기 위해 혈안이 되곤 했다. 짧은 기간에 스탬프를 다 모으면 다이어리를 한 권 더 주는데, 그 기간을 놓치지 않기 위해 한 번에 음료를 대여섯 잔씩 주문할 때도 있었다. 예전의 나는 그런 사람이었다. 그러나 이제는 그렇게 성급하게 내달리고 싶지 않다.

내 몫의 10년 마일리지를 1년마다 하나씩 잘 채워나가고 싶다. 동네 작은 카페 쿠폰에 하나씩 찍어나가는 귀여운 스탬프처럼. 손때 묻어 꼬깃꼬깃해진 그 쿠폰을 10년 뒤 나의 40대에 뿌듯하게 내밀고 싶다. 나는 그 쿠폰을 아주 크게 웃으면서 내밀 거다. 눈물은 몰라도 웃음은 하나도 아깝지가 않으니 말이다.

시간의 별을 피해
그늘을 찾던 시간

"킴, 너는 젊고, 아름다워. 네가 원하는 모든 걸 가질 수 있을 거야."

세수도 안 한 얼굴에 거울도 없이 싸구려 선크림을 덕지덕지 바르고 있을 때 누군가 나를 한 팔로 껴안으며 말했다. 호주의 세탁 공장에서 만난 나의 단짝 친구, 62세의 메리(Mary).

당시 나는 퍼스 안에서, 한국인 커뮤니티에서, 누굴 만나도 '왕언니' 대접을 받던 34세 늦깎이 워홀러였다. 호주에 와서 제대로 된 일(Job)을 찾지 못하고 6개월을 보낸 터라 어렵게 얻게 된 세탁 공장에서는 악착같이 붙어 있어야 했으므로 열악한 환경을 탓할 수 없었다.

그곳에서 내가 맡은 일은 공장에서 가장 더럽기로 유명한 분류(Sorting) 파트로 호텔에서 수거된 침대 시트나, 테이블보, 레스토랑의 냅킨 등을 오염 정도와 크기에 따라 구분하는 일이었다.

엉킨 침대 시트에서 딸려 나오는 콘돔은 버리면 그만이었지만, 작은 레스토랑에서 오래 묵혀 보내진 곰팡이 핀 행주를 털 때면 몇 번이고 숨을 참아야 했다. 심지어 오래된 꾸러미를 열 때는 엄지 크기만 한 바퀴벌레들이 쏟아져 나오기도 했다. 새끼 쥐가 나온 적도 있었다.

근무 시간은 새벽 여섯 시부터 오후 두 시까지였고, 메리와 내가 짝으로 일했다. 우리는 지저분하기로 소문난 레스토랑 주방의 보자기를 풀 때마다 조마조마한 마음으로 "시작해볼까(Are You Ready)?" 외친 다음, 눈을 가느다랗게 떴다. 입구를 풀면 악취로 찌든 행주와 함께 어김없이 바퀴벌레들이 등장했다.

내 상반신만 한 꾸러미에서는 보통 대여섯 마리의 대형 바퀴벌레가 나왔다. 테이블 위에서 갈 곳을 찾아 방황하는 바퀴벌레를 보면서 메리와 나는 서로를 껴안고 비명을 질렀다.

쏟아지는 서부의 태양 아래 실외 작업장에서 점심시간 30분과 휴식 시간 20분을 제외한 일곱 시간 10분을 꼬박 서서 일해야 하는 그곳에서 메리는 11년째 일하고 있다고 했다. 영어를 쓰는 호주인이니 좀 더 나은 환경의 공장에서 일할 수도 있는데 왜 계속 이곳에 있느냐고 하면 그는 어깨를 으쓱하며 이제는 익숙해져서 괜찮다고 몇 개 안 남은 앞니를 보이며 웃었다.

킴은 유치원생처럼 조그맣기 때문에 무거운 것은 언제든 본인이 들겠다고도 말했다. 정말로 힘든 일은 항상 메리가 했다. 11년째 반복해온 탓에 요령이 생긴 건지 도저히 움직이지 않는 철제 케이지 문을 망치로 퉁퉁 쳐서 쉽게 꺼내기도 했다. 옆에서 엄지를 치켜세우고 환호하는 나를 보면 메리는 활짝 입을 열고 행복하게 웃었다.

사실 우리가 처음부터 이렇게 친했던 것은 아니다. 세탁 공장에 처음 와서 이곳에 배정받았을 때, 메리는 내가 6개월 뒤 한국으로 돌아가야 하는 워홀러라는 사실을 알고 불만을 표출했다. 그도 그럴 것이 어느 정도 일이 익숙해질 때쯤이면 떠나버리는 워홀러들 때문에 메리는 많이 지친 것 같았다.

입장을 바꿔 생각해보면 나 역시 그럴 것 같았지만, 일을 제대로 가르쳐주지 않으니 답답했다. 눈치껏 어깨너머로 그의 행동을 따라 하는 수밖에 없었다. 기분이 나빴지만, 나는 어떻게든 이곳에서 6개월을 버텨야 했다.

호주의 서쪽, 퍼스의 여름은 길고, 최고 기온은 40도에 달한다. 며칠을 데면데면하게 일하면서 그를 관찰해본 결과, 그는 물 대신 오직 다이어트 콜라만 마셨다. 듬성듬성 빠진 앞니는 그 때문인 것 같았다.

공장에 도착하는 새벽 여섯 시는 해가 뜨기 전이라 쌀쌀하지만, 아침 여덟 시부터는 가차 없이 태양이 쏟아진다. 점심을 먹는 낮 열두 시. 메리가 먼저 먹고 내가 출발한다. 30분의 식사를 마치고 자리로 돌아오면 태양 볕은 메리의 머리 꼭대기로 쏟아지고, 그는 자판기로 가서 다이어트 콜라를 빼온다. 아마 11년째 이어지는 루틴이었을 것이다.

나는 깜짝 선물을 준비하기로 했다. 퇴근 후 마트에서 내 음료를 살 때 메리가 마시는 다이어트 콜라를 사서, 내 음료와 함께 꽝꽝 얼려 갔다. 그리고 평소처럼 침묵과 함께 일을 하고 점심을 먹고 도착한 시간 12:55 pm.

나는 태양 볕을 머리에 이고 묵묵히 일하던 메리의 눈앞에 집에서 얼려 온 다이어트 콜라를 불쑥 내밀었다. 다행히 콜라는 딱 먹기 좋을 만큼 녹아 있었다.

다이어트 콜라 앞에서 메리는 지난 며칠간의 정적이 무색할 만큼 활짝 웃으며 너무 감동이라며 연신 고맙다고 했다. 아이처럼 기뻐하는 표정이 기억이 남아 가끔 그렇게 깜짝 선물을 준비하곤 했다. 어느새 메리도 "타란-" 하며 내가 마시는 음료를 내밀었다. 몇 달이 지나자 세탁 공장의 단짝이라고 부를 정도로 가까워졌다.

메리는 두 번 결혼했고, 두 명의 아들을 낳았다. 첫 번째 남편은 폭력적이었고, 두 번째 남편은 마약 중독자였다고 한다. 첫 남편에게서 낳은 두 명의 아들 중 한 명은 마약 중독으로 잃었고, 남은 한 명도 마약 때문에 고생 중이라고 했다.

그러면서도 내가 건너편 파트의 제이와 데이트 중이라는 사실을 알게 되었을 때는 어서 제이의 아기를 가지라고 했다. 첫째를 마약 중독으로 잃고, 둘째도 마약 중독 때문에 고통받는 상황에서 어서 제이의 베이비를 가지라고 활짝 웃던 메리의 반응에 나는 조금 혼란스러웠다. 어쩌면 사랑이야말로 정말 강력한 중독이 아닐까 하는 생각을 하며.

드디어 6개월의 공장 근무를 마치는 날, 메리는 호주 국기가 그려진 커다란 천 가방을 선물로 주며 다시 말했다. 이 가방을 들고 도서관에 가서 글을 쓰라고. 킴은 여전히 젊고 아름답고, 원하는 모든 것을 가질 수 있을 거라는 말도 빼먹지 않았다.

결국 나는 목표한 돈을 모아 무사히 한국으로 왔고, 덕분에 1년 동안은 돈 걱정 없이 메리가 준 가방과 함께 매일 도서관을 다니며 생애 첫 소설을 썼다.

살면서 무언가에 그렇게 몰두해본 적은 그때가 처음이었다. 내 안 어딘가에 굳어 있던 기억들을 하나씩 깨워내던 작업 시간.

괴로울 때가 많았지만, 한편으로는 현실이 아닌 아련한 꿈속에 사는 기분이었다. 그렇게 1년 동안 깜빡이는 커서를 앞에 두고 나만의 세상에 살았다. 덕분에 한결 가벼워졌지만, 아쉽게도 그 책은 1쇄도 팔리지 않았다. 다시 괴로움이 시작되었다.

서른다섯이나 되었는데 시집도 안 가고 뭘 하고 있는 거냐. 돈도 안 벌고 스무 살짜리 남자를 만나고 다니는 게 제정신이냐. 제발 월급 200만 원이라도 주는 직장에 딱 붙어 있어라 등등 아빠와의 갈등은 끝을 모르고 이어졌다.

도대체 나를 왜 이해해주지 않는 건지. 사람들은 왜 내 책을 사주지 않는 건지. 세상 모든 것이, 아니 돈도 안 되는 일에 마음을 다 뺏긴 채 인생을 망치고 있는 나 역시도 마음에 들지 않았다. 그러던 중 드라마 작가 제안을 받게 되었다. 마치 하늘에서 내려온 동아줄처럼 그 길로 캐리어에 짐을 싸 들고 서울행 열차를 탔다.

처음 써보는 드라마 대본. 어떻게 하면 더 잘할 수 있을까 고심하면서 매일 동네 절에 들러 108배를 했다. 시나리오 작법서부터 다른 드라마의 대본집을 뒤져가며 고치고 또 고쳤다. 내가 쓴 글 하나를 앞에 두고 여러 명에게 지적을 받아도 그들이 해오라는 대로 써 갔다.

그렇게 2년 가까이 모은 돈을 까먹으면서 언젠가는 되겠지 하는 희망으로 버텼다. 내가 조금만 더 참으면 되겠지, 내가 계속 열심히 하면 되겠지, 실은 그 열심(熱心) 때문에 심장에서 열이 나고 내가 타들어가고 있는 것도 모르고.

그럼에도 매일 불상 앞에서 무릎을 꿇고 소원을 비는 나를 보며 메리를 떠올린 적이 많았다. 그래 어쩌면 우리는 모두 중독되어 있는 게 아닐까. 커피와 술에, 일과 성과에, 사랑과 희망에, 무엇보다도 끈덕지게 질긴 이 삶에.

나의 X언니

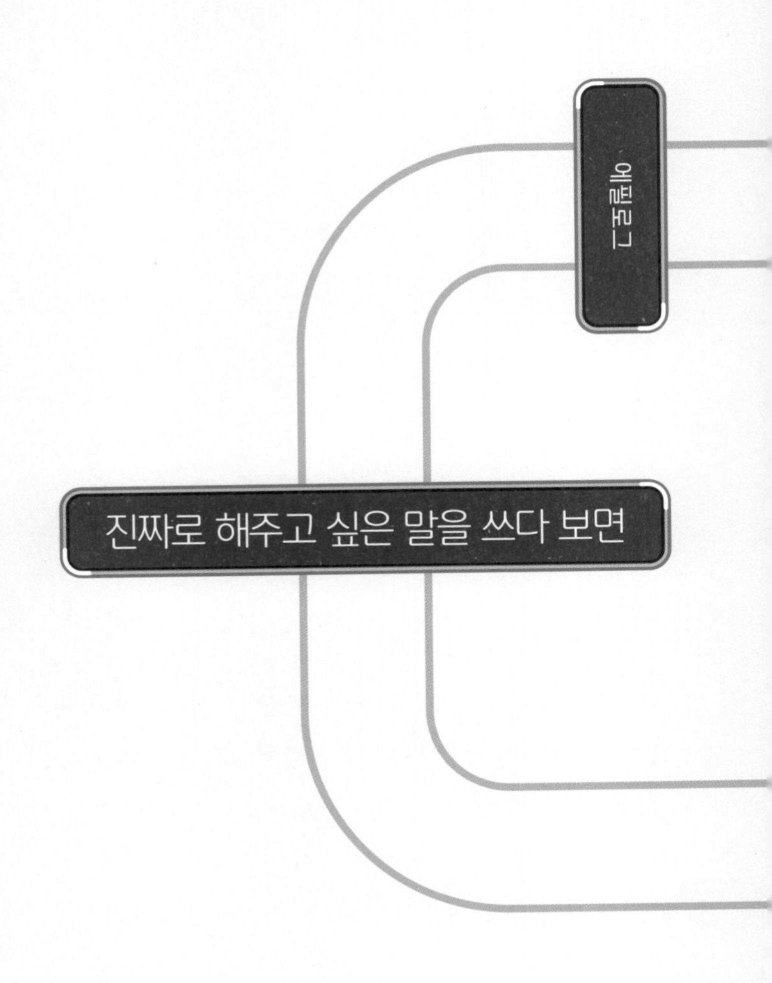

에필로그

진짜로 해주고 싶은 말을 쓰다 보면

우리는 우리가 만든 이야기를 통과해

백배

내 옆방이자 드디어 마흔에 가지게 된 자신의 방에서 얀니는 최면술로 유명한 설기문 유튜브를 보고 있다. 8년 전 헤어진 남자친구를 다시 만나보고 싶다며 '전생 체험하면서 다시 만나고 싶은 인연을 찾아갑시다' 최면을 듣고 있는 거다. 이럴 때면 열 살 많은 언니에게 할 말은 아니지만 정말 가지가지 한다 싶다. 이런 건 숨길 법도 한데 솔직하게 다 이야기하는 게 귀엽기도 하다.

시큰둥해하는 내게 언니는 불쑥 "너는 그럼 전 남자친구 안 보고 싶나?"라고 묻는다. 단순 명료하지만 답하기 꽤 어려운 문제와도 같은 언니의 질문은 지난 2년간 늘 나와 함께했다. 그 질문에 답하기 위해, 한때는 나를 죽지 않게 붙잡아주던 사람이 어떻게 나에게 그렇게 큰 상처를 줄 수 있었는지에 관해 생각해본다. 사람을 사랑한다는 게 도대체 어떤 건지 질문해본다. 결국 아직은 잘 모르겠다고 답하곤 하지만.

이번엔 내가 묻는다. "언니는 그 사람이 왜 보고 싶은데?" 언니는 명쾌하게 답한다. "같이 이야기하고 싶어서." 그럼 나는 또, 누군가가 그립다는 건 그 사람과의 대화가 그리운 것일 수도 있겠구나 하고 하나의 세계를 알게 된다.

얀니와의 이 끝없는 대화가 한 권의 책이 되었다. 글쓰기를 원래도 좋아했지만 쓰면 쓸수록 빠져들어서 아주 재미있게 썼다. 연기를 처음 해본 언니가 너무 재미있다며 자꾸 나와 연기로 교감하려 들길래 내가 눈을 피한 적이 있는데 이번에는 언니가 자주 내 눈을 피했다. 몇 개의 글을 쓰면서는 여전히 많이 울었다.

나의 겁 없고 이상한, 그리고 귀여운 X언니에게 감사의 마음을 전한다. 언니는 나에게 스스로의 삶에 품위를 부여하는 법을, 그리고 그건 본인과의 약속을 잘 지키고 일상을 잘 보내는 일에서 출발한다는 것을 몸소 가르쳐주었다. 언니가 '몸빵'하며 먼저 돌파해나간 10년 덕분에 나는 이제 막 20대의 마지막을 무사히 통과했다. 그간 겨우 버티기만 했다고 자책했는데, 지난 시간들 덕분에 나 역시 이렇게 한 권의 책을 쓸 수 있었다. 나의 20대를 한번은 꽉 껴안아주고 싶었는데 그럴 수 있어 다행이다. 지난 시간을 '하나의 이야기'로 완성했으니 이제 나는 다음으로 갈 수 있게 되었다. 어디로든 갈 것이다.

얀니

"나는 언니를 귀엽게 써줬는데 언니는 왜 나를 게으르고 방 청소도 안 하는 놈으로 쓴 거야?" 마지막 에필로그를 넘기며 백배가 따져 물었다. "그건 내가 원래 귀여운 사람이니까 그렇지. 너가 나를 그대로 보고 쓴 것처럼 나는 그냥 본 대로 썼을 뿐인디?" 하니 "열 받네……" 하면서 툴툴거린다. 입을 삐죽 내밀고 '빡친' 백배를 보니 너무 웃기다. 친자매도 아니고 열 살이나 터울이 있는데도 어쩜 이렇게 막역한 사이가 된 건지 신기할 따름이다.

내가 백배에 관한 이야기를 내 글에 많이 넣지 않은 이유는 굳이 그럴 필요가 없었기 때문이다. 매번 메일로 한 꼭지씩 도착하는 글 속에는 이미 흔들리고 방황하면서도 고심하고 도전하는 백배의 모습이 그대로 담겨 있었다.

2022년 초, 쇼트트랙 여자 계주를 보며 백배에게 자주 말했다. "나는 저기 저, 최민정 선수 같은 사람이 되고 싶어!" 어떤 위기 상황에도 압도적인 능력으로 앞으로 치고 나가, 다음 선수의 엉덩이를 세게 밀어주는 모습. 지금도 종종 유튜브로 최민정 선수의 경기 장면을 돌려보며 꼭 저런 사람이 되고 싶다고 생각한다. 아직은 내가 가진 능력에 좌절할 때가 더 많긴 하지만, 일단 올겨울은 이 책과 함께 백배의 엉덩이를 세차게 밀어본다. 나의 작은 터치와 함께 트랙을 따라 본인이 가진 능력을 최대한 발휘하며, 가고자 하는 목표에 안전하게 도달하기를 기대하며.

한 권으로 묶인 이 글을 다시 보니 백배는 이미 누군가의 든든한 X언니가 될 자질이 충분하다. 자, 그럼 이제 우리의 터치를 이어받아 얼음판을 달려볼 다음 타자는 누구인가!

키키 – 02

나의 X언니

초판 1쇄 인쇄 2022년 12월 9일
초판 1쇄 발행 2022년 12월 21일

지은이 김얀 · 백요선
펴낸이 이승현

출판2 본부장 박태근
MD독자 팀장 최연진
디자인 이세호

펴낸곳 ㈜위즈덤하우스 **출판등록** 2000년 5월 23일 제13-1071호
주소 서울특별시 마포구 양화로 19 합정오피스빌딩 17층
전화 02) 2179-5600 **홈페이지** www.wisdomhouse.co.kr

ISBN 979-11-6812-557-5 03810